自驾，横穿美国大陆

牟鹏 著

北京出版集团公司
北京出版社

图书在版编目（CIP）数据

自驾，横穿美国大陆 / 牟鹏著. — 北京：北京出版社，2019.9
ISBN 978-7-200-15091-9

Ⅰ.①自… Ⅱ.①牟… Ⅲ.①游记—作品集—中国—当代 Ⅳ.①I267.4

中国版本图书馆CIP数据核字（2019）第163089号

自驾，横穿美国大陆
ZIJIA, HENGCHUAN MEIGUO DALU
牟鹏 著
*
北京出版集团公司
北京出版社　　出版
（北京北三环中路6号）
邮政编码：100120

网　　址：www.bph.com.cn
北京出版集团公司总发行
新 华 书 店 经 销
三河市嘉科万达彩色印刷有限公司印刷
*
880毫米×1230毫米　32开本　6.5印张　192千字
2019年9月第1版　2019年9月第1次印刷
ISBN 978-7-200-15091-9
定价：49.00元
如有印装质量问题，由本社负责调换
质量监督电话：010-58572393

目 录

得克萨斯州
▼
路易斯安那州
▼
佛罗里达州

开启横穿美国大陆的自驾之旅	/ 2
这个海滩是美国66号公路的终点	/ 16
得克萨斯的前世今生	/ 22
这个城市分两层	/ 28
"大快活"绰号的由来	/ 34
新奥尔良没有烤翅，只有波本街	/ 40
探访《乱世佳人》《夜访吸血鬼》的取景地——橡树庄园	/ 46
杰克逊维尔——佛罗里达州最大的城市	/ 54
活色生香迈阿密	/ 60

在世界最美公路欣赏热带海岛美景 / 70

沉醉于世界落日之都 / 76

追忆海明威 / 82

探寻"胜利之吻" / 88

美不胜收的基韦斯特 / 92

任性！居然由于边防检查要闹"独立" / 100

禁酒法案催生可口可乐 / 108

走进CNN / 112

体味蓝调故乡 / 120

在太阳录音室致敬猫王 / 126

气势磅礴的中西部景观 / 130

游客为何对这个小镇趋之若鹜？ / 136

佐治亚州
▼
田纳西州
▼
亚利桑那州
▼
加利福尼亚州
▼
内华达州

命悬一线观壮景 / 140

云谲波诡羚羊谷 / 148

在西峡谷底静静地发呆 / 154

前往"天空步道" / 164

"风景这边独好" / 172

体验 66 号公路 / 182

来这儿求婚吧！成功率百分百 / 186

我来赌城从不赌博 / 190

后记 / 197

开启横穿美国大陆的自驾之旅

横穿美国的10号高速公路从西海岸太平洋沿岸加利福尼亚州洛杉矶的圣莫尼卡海滩，一直向东穿过亚利桑那州、新墨西哥州、得克萨斯州（下文简称得州）、路易斯安那州、密西西比州、亚拉巴马州、佛罗里达州，最终抵达美国东海岸大西洋沿岸的杰克逊维尔，从与中国遥遥相望的太平洋沿岸一直开到了与欧洲大陆遥遥相望的大西洋沿岸。如果走完这条路线，就已经完成了横穿美国大陆的自驾之旅，你的行车路线已经连接了世界上最大的两大洋。

在美国自驾，如果想要租一般的家庭版车型，在携程等网站就可以直接下单；如果想充分体验一下"美国风"的车，例如福特猛禽，在美国本土租能便宜一点。这次我租的车一辆是MPV（多用途汽车），能装行李也能载人；还有一辆是比较"美国风"的福特白色野马敞篷跑车，体验纯美国范儿的驾驶感受，但这辆跑车只能载两个人，装极少的行李，拉风但不实用。租一辆车可以包含两个驾驶员的保险，第三个司机的保险费就很高了，所以每辆车最好固定两个司机。

▲ 车少人稀的美国

这次租车给我一个很深刻的教训。野马跑车在中国租不到，是来到美国后让朋友帮我现租的，司机的保险是他和我；在中国我租的MPV，司机的保险是我和中国的朋友。两辆车三个司机。我上午开跑车，这辆车下午就得美国的朋友开。中国的朋友已经开了一上午的MPV，下午我就得替他开MPV。等于他俩每天开半天休半天，只有我要开一整天。如果一两天还没问题，但我们这趟行程可是来回横穿美国大陆两次，而且还要去美国最南点的基韦斯特，再加上还要去美

国中部一些地方玩，全程上万公里，我每天上午开完下午换车接着开，差点没累死在美国的高速路上。这一趟下来，我的腰围缩减得可怕，一路得勒紧裤腰带，不然裤子非掉下来不可。谁想减肥又懒得去健身房的话，建议到美国自驾一次，保证体重会直线下降。

有人可能怀疑，在中国每天开车也没见自己瘦啊！其实，在美国开车和在中国有很大的不同。刚到美国的时候我们先在洛杉矶休息了两天，我让从中国来的朋友适应一下在美国高速路上驾驶汽车狂奔的感觉。美国人开车都很快，尤其是刚进高速路的时候，中国的司机一般都放慢速度，先观察后车的距离和速度，再进入主路。但在美国正好相反，进入高速路的时候要使劲踩下油门，让车速瞬间飙升。因为高速路上的车一辆比一辆开得快，如果你速度慢会让后面一辆辆车采取紧急制动，很容易出事故。中国来的朋友在美国第一次开车是从棕榈泉的奥

▼ 在美国自驾很过瘾

特莱斯开回我们的住处，大概150公里。从北京到天津约120公里，在中国算小长途，但这在美国可什么都不算。美国人每天上下班开六七十公里，而且还算离家近的！可我这位朋友第一次在美国开150公里，竟然一脑袋汗！

在美国自驾时还必须得小心警车，上次来美国的第一天晚上，我的同伴正常行驶在亚利桑那州的高速路上，后面一辆警车闪起了警灯，但没有鸣笛，我以为我们挡了警车的快行道，就换到慢行道上开。一会儿警车鸣起了警笛，我赶快让同伴靠边停车。警察十分生气地问我们为什么不停车，我告诉他我们下午刚到美国，还不太了解美国的交通规则，还把刚办好的租车凭证给他。警察看后才算消了气，告诉我下次遇到这种情况得马上停车，刚才他都准备冲我们开枪了。同样是上次自驾，在得州遇到州警查车，本来都不查我了，却突然跑过来砸车窗。我当时已经踩下油门，但顺着反光镜看到他，赶紧停下，生怕这次真开枪了。总之一句话，遇到美国警察要完全服从，不然可能会吃枪子儿。

这次我们自驾的直线总里程为一万多公里，还不算在各个景点、城市中游玩的距离。走10号高速路横穿美国大陆，从洛杉矶到圣安东尼奥约2200公里，中途要休息一次，我们定的地方是图森，因为这里酒店的温泉能带走一天旅途的辛劳。圣安东尼奥是体验得州文化、了解"得克萨斯共和国"的最佳城市。真正的得州不在最大的城市休斯敦，也不在州府奥斯汀，而是在写满得州历史的圣安东尼奥的阿拉莫。这里的河滨步道仿佛让你进入了苏州园林，我不敢说圣安东尼奥是美国最美的城市，但我绝对敢说它是美国最具特色的城市。在这里你能体会什么是"Texas size（得州尺码）"，也能见识一下得州牛仔直爽的性格，还能看到美国罕见的一棵红色圣诞树。

如果想在得州多转转，可以去姚明打过球的休斯敦，顺便看看宇航中心里有关太空的一些展览；也可以去有着小牛队的达拉斯或者州府奥斯汀。像我这样已经去过的就直接奔往870公里外的新奥尔良，我个人认为在美国不可不来的地方，就是这个建在密西西比河拐角处被命名为"大快活"的城市。新奥尔良真的

没有烤翅,就像加州没有牛肉面一样。它有爵士乐,有法国上层贵族遗留下来的奢华和颓废,这是一个狂欢、放纵的不夜城。拎着手榴弹酒在大街上狂饮,这种待遇在美国只有极少数地方可以享受。新奥尔良最吸引我的是橡树庄园,是那直通密西西比河的有着28棵300年树龄的老橡树,以及这个庄园后面所隐藏的真实的历史故事。

离开新奥尔良,穿过密西西比州和亚拉巴马州直接抵达880公里外的佛罗里达州的杰克逊维尔,就完成了横穿美国大陆之旅,从太平洋沿岸一直开到了大西洋沿岸。12月中下旬离开寒冷的北京,抵达温暖的洛杉矶,沿着美国南部一直向东行进,一路上基本都是北京深秋季节的温度,感觉稍微有点凉。但只要一进入佛罗里达州,哪怕纬度还和原来的城市一样,但温度明显上升,完全可以穿夏装,在这个季节可真是一种异样的享受。在洛杉矶,我们与祖国隔海相望;抵达杰克逊维尔,海那面与我们遥遥相望的则是欧洲大陆。世界上最大的两个大洋被我们这次的旅程连接了起来,想不想知道太平洋和大西洋除了一个刮台风一个刮飓风,还有什么不同?那真得亲自站在杰克逊维尔的海滩上感受一下。

从杰克逊维尔往南开560公里,便是美国最著名的海滨度假城市迈阿密。这一段路程都是在阳光之州佛罗里达内部行进,有蓝天和棕榈树全程陪伴。这个季节的美国南部气温不算太低,但总给人湿冷的感觉,再加上天空总是阴郁,让人不能有那种完全放开的感觉。能不能敞开心扉,能不能彻底放松,能不能甩开压力释放自己,会直接决定旅行的质量。在这点上,佛罗里达绝对有它得天独厚的优势。冬季从寒风料峭、百木凋零的严寒地域一下进入这繁花似锦、阳光明媚、热情似火的地方,整个身体的毛孔全都打开了,压抑了许久的情绪彻底释放开来,体内的阴郁被整日灿烂的阳光烤得无处藏身,只能被海滨城市那独有的热情顺着开放的毛孔挤出体外。这时你满脑子想的都是热辣的都市、冰镇的鲜啤、清爽的衣着和诱人的海鲜。

来到迈阿密可不能仅在这个美丽的城市享受阳光、空气和大海,有一个地方无论如何都要去一趟，那就是被誉为世界落日之都的美国最南点基韦斯特。其实迈阿密本身已经是美国大陆最南点了，不承想距离它西南260公里的地方有个小岛，把美国最南点的荣耀给抢走了。从迈阿密到基韦斯特这260公里的道路完全建在海上，由一个个岛屿连接起来，就像一串在大西洋和墨西哥湾之间的项链，让这段路程成为海岛天堂之路。基韦斯特是海明威的挚爱，那里有他的故居和闻名全美的六趾猫，还有大名鼎鼎的服装品牌CK老板的别墅，更有每晚黄昏时等待着你观赏的全世界最美日落。只有自己亲自去，才能体会来自墨西哥湾的万种风情。

抵达了美国最南点的基韦斯特，我们的自驾游便开始步入回程，但不是走原路回去，而是走横穿美国中部的40号高速路。从基韦斯特往回走可以走75号高速路顺道去一趟坦帕，也可以走95号高速路体验一下佛罗里达的沼泽地或者世界上最大的迪士尼。如果不感兴趣的话就一鼓作气，奔着1300多公里以外的亚特兰大疾驰而去。亚特兰大是美国中部的交通运输中心，也是可口可乐总部所在地，我在这里品尝了几十种口味的可口可乐。如果对新闻媒体感兴趣，可以深入CNN总部大楼亲眼观看国际顶级新闻主持人在工作间的直播，抑或是在播音室里自己亲自主持一个访谈节目、直播一次天气预报。亚特兰大是1996年奥运会的主办地，还是《飘》的作者玛格丽特·米切尔的诞生地，在这里我差点被3个年轻人打劫。最后提醒一下，在亚特兰大一定要住市中心的五星级酒店，不为体验奢华，而是对自己的安全负责。

从亚特兰大出来往北开上40号高速路，横穿美国大陆之旅就再次开始了，离这里最近的是蓝调音乐的故乡田纳西。蓝调（又译作"布鲁斯"）这种起源于黑人奴隶的音乐在今天的乐坛享有着不一般的地位。田纳西同时还是美国乡村音乐的故乡，它以不同的乐器、不同的地区记载着蓝调音乐的历史。提琴代表的是东田纳西的阿巴拉契亚音乐；小号代表的是孟菲斯著名的蓝调音乐；吉他代表的是中部田纳西纳什维尔的乡村音乐。您可以在纳什维尔买一把称心的木吉他，也可

以到孟菲斯的吉普森吉他店里选购一把电吉他,还可以亲自到猫王专属的太阳录音室里体验他过往的辉煌。我去的那天正好赶上圣诞节期间,小小的市中心热闹非凡,随便挑选一间餐厅或酒吧,绝对能让你在享用美食的同时体验蓝调音乐和乡村音乐带来的精神享受。

离开猫王的故乡一路向西,穿过阿肯色的小石城、俄克拉荷马州和66号公路小镇盖洛普,抵达2200多公里以外的佩奇小镇。说到佩奇应该没人知道,但如果说马蹄湾和羚羊谷,我想每个听到的人都有种跃跃欲试的冲动。没错,这里是去马蹄湾和羚羊谷旅行的住宿地。马蹄湾最佳观赏时间是日出和日落时分,随着阳光的颜色变化,石头的颜色也会发生相应的变化,如果能赶上暗红色,视觉效果最具震撼力。羚羊谷分上羚羊谷和下羚羊谷,旺季必须提前订票。羚羊谷的观赏时间是正午时分,太阳的光柱能直穿谷底,如果要拍照的话

▼ 州政府的建筑

▲ 西部的雪山

最好报摄影团，自己必须带上三脚架，不然就得花钱租他们的三脚架。

下一站我们直奔大峡谷。中国旅行团常去的是西峡，一般有两个体验项目，一个是直升机，另一个是"天空步道"，即玻璃栈道。我去体验过，没什么可怕的，这种东西还是中国的好，最起码那规模就比美国的强多了。除了西峡我们还去了南峡，那里的风光明显要好于西峡。我们在傍晚时分前往南峡参观。阳光斜射在千沟万壑的峡谷中，岩石立刻显得光怪陆离，在20分钟前自然光线下看到的南峡此时此刻毫无踪迹，好像大自然在瞬间完全更换出一套迥然不同的山水，真的不能不佩服大自然的鬼斧神工。

说到美国的66号公路，很少会有人觉得陌生，在中国有好几个地方甚至打着美国66号公路的旗号为自己做宣传。这次自驾之旅我住过一个叫盖洛普的地方，在66号公路算比较知名的一站，但我根本就没有欲望去参观这个地方。因为这次

11

我的行程表中有金曼小镇——66号公路最知名的小镇。想了解66号公路就必须到这个小镇。我在那里住的旅馆就叫66号旅馆，收费也是66美元。这家旅馆里存放着无数有关这条公路的珍品，店主在美国是一个红人。网上有这种说法，来了这家旅馆后根本就不用去镇上的66号公路博物馆了。镇上还有一家餐厅，也是著名的网红餐厅，玛丽莲·梦露和克拉克·盖博都曾经来过这里。

著名的赌城拉斯维加斯距金曼小镇只有160公里，可以在小镇玩上半天，中午再开车去赌城。一般去过赌城的人都被它的夜景所震撼，但多是在城内欣赏。而想看整个赌城的夜景，那就得在晚上太阳落山以后，等赌城把所有的灯打亮。按理来说，160公里路不用从中午走到晚上，用时如此长是因为中途有个胡佛大坝值得一看。这个大坝的两头分别是亚利桑那州和内华达州，两头相隔不远却有一个小时的时差。来这里除了看宏伟的大坝，最主要是看一个世界有名的奇景，那就是在大坝上往下倒水，水却是往上流的！玩到夜幕降临的时候开车离开大坝，距离赌城还有20多公里时，汽车会行驶到一段两座小山之间的坡路上。一到坡顶，视线豁然开朗，整个赌城的灯海极为壮观。

全美国都不允许在室内公共场所吸烟，只有拉斯维加斯例外。这里每个酒店的一、二层都是赌场，可以随便抽烟喝酒，而且酒是免费的，只要你坐在老虎机或赌桌前，每当有端着酒水的服务员从你身旁经过，你都可以管他们要酒，只要给1美元小费即可。如果晚上不想赌博，那就去百乐宫酒店门口的大型喷泉池看灯光喷泉秀，或者到威尼斯人酒店里坐一坐。在这里坐贡多拉和在威尼斯不同的是，船夫到终点折返的时候会唱一段美声，借着酒店内部的拢音效果，绝对堪比天籁。我曾经在桥边等了40多分钟，就为听船夫过来唱歌，实在太好听了。贯穿赌城的拉斯维加斯大道两旁都是五星级酒店，任何酒店都可以进去参观。

此次行程的最后一站是430公里以外的洛杉矶，回到我们出发的起点。时间充裕的话，可以南下到美国最西南的城市圣迭戈玩一下，参观墨西哥老城、巴尔博亚博物馆、海洋公园。然后去拉荷亚看海豹，到三街体验夜生活。到航母旁

▲ 美国的田园景色

▼ 西部旷野景色

▲ 威尼斯人酒店的贡多拉

边看胜利之吻的雕塑（全美只有两个，另一个在佛罗里达的落日之都基韦斯特）。您还可以到圣迭戈分校的图书馆看《盗梦空间》里怪异大楼的原型，海滩下就是长达两公里的天体海滩。我个人最喜欢的是薯片崖。您可以亲自登上薯片崖，留下一张惊心动魄的照片。

这个海滩是美国66号公路的终点

洛杉矶的圣莫尼卡是10号高速路和66号公路的终点。我横穿美国的自驾之旅就是走的10号高速路，从位于太平洋的美国西岸洛杉矶一直开到美国东部大西洋沿岸的杰克逊维尔。

▼ 我在圣莫尼卡66号公路终点标志牌下

▲ 抓拍到的海狮

先来科普一下全美本土（即美国领土中除海外岛屿及阿拉斯加州之外的领土）的高速公路网络。就像地球有经纬线一样，美国本土的高速公路网络也有"经纬线"，"纬线"横贯东西连接着太平洋和大西洋，由南至北依次是10号、20号、30号……一直到最北边的90号高速公路；"经线"纵贯南北，从加拿大边境一直到墨西哥边境，由西到东依次是5号、15号、25号……一直到最东边的95号高速公路。这次行程中重要的一项就是走66号公路，还去了66号公路最著名的小镇——金曼小镇，参观了66号博物馆，住进了每晚房价66美元的66号汽车旅馆。所以66号公路和10号高速路是此次横穿美国大陆之旅的重中之重，为此，我结束行程回到洛杉矶后特意来到了这个海滨城市，对这次为期一个月的自驾之旅做个完美的结尾。

圣莫尼卡是洛杉矶街头艺术家的聚集之地，在圣莫尼卡码头、圣莫尼卡广场、威尼斯海滨大道，甚至在著名的商业步行街——三街，无数来自民间的高人

17

把这里当成展示自己的场所,让来自全世界的游客每天都能在圣莫尼卡免费享受艺术盛宴,轻松地和众多民间艺术家零距离交流沟通,兴致高昂的时候还可以与艺术家们一起融入创作之中,让普通人也能彻底享受一回艺术创作的体验。

来圣莫尼卡第一个问题是如何停车,我第一次来这里的时候开着车转了半天才找到一个有空位的停车楼,而且停在了仅剩的几个位于楼顶的露天停车位中的一个。这次来运气不错,在五街的一个停车场找到了位置,管理员在入口处拦住我,问在晚上7点之前能否开车离开,我想了一下距离晚上7点还有9个小时,当

▲ 圣莫尼卡海滩

即点了点头。管理员二话不说让我留下车钥匙,开了一张单子后开着我的车一转眼就不见了踪影。

　　圣莫尼卡的街道是依据距离海滨的远近而命名的,最近的一条平行于海岸线的街道叫一街,过一个街区就是二街,依次类推。三街是洛杉矶最著名的商业步行街之一,但对我缺乏吸引力。我毅然决定一个人径直走过四个街区,从五街一直走到了太平洋边的沙滩上。

　　圣莫尼卡的沙滩是极为细腻的白色沙滩。许多好莱坞明星会选择圣莫尼卡海

滩避暑。在洛杉矶，这里应该是除了祖玛海滩撞见好莱坞明星概率最大的海滩。可惜我来的时间不对，冬季的圣莫尼卡海滩明显有些清寂，只有为数不多的冲浪爱好者像海带一样在海面上随着海浪起伏。海滩上人少，可不代表来圣莫尼卡的游人少。冬季游客的主要集中地是圣莫尼卡码头——一条由悬空的木栈道搭建出来的长长的栈桥码头。

从沙滩边沿着台阶走上栈桥，一眼就看到了66号公路终点的标志牌，以及牌子下面一堆正在等着和标志牌合影的人。在美国，66号公路可谓是无人不知，美国人直接称它为"母亲之路"。这条从美国第三大城市芝加哥一直到加利福尼亚州圣莫尼卡的公路长约3939公里，跨越了8个州、3个时区，呈大对角走向，从美国中部最北的芝加哥一直斜拉到美国西南部的圣莫尼卡，也就是我现在所在的这

▼ 洛杉矶大树公园

块大牌子底下。

  牌子附近都是售卖有关66号公路纪念品的商店，很大一部分纪念品都产自中国。还好这个长长的码头不仅有纪念品商店，更多的是挤满整个栈桥的街头艺术家。几年前来到圣莫尼卡的时候感觉从事美术的艺术家居多，但这次来比例明显减少，唱歌的街头艺人遍地都是，不乏滥竽充数的。但在码头尽头，一个名叫Sash的老艺人引起了我的注意，这么大年纪居然玩的是电音，而且是我能接受的、不嘈杂的电音歌曲。我在这次横穿美国自驾途中拍了不少视频，当即决定花10美元购买摆在他面前的CD，回去编辑视频的时候可以当作背景音乐。

  这次来圣莫尼卡看到了前几次来没有看到的画面。在用长焦镜头给朋友拍照的时候，朋友突然焦急地指着海面。顺着她手指的方向一看，嗯？海狮！没错，就是海狮，在人满为患的圣莫尼卡海滩，在距离冲浪爱好者仅几十米之遥的海面上，居然有一只海狮在海面上游动。赶紧再次端起相机，本能地放大光圈以增加快门速度抓拍海狮的身影。

得克萨斯的前世今生

说起美国得州,我就想起澳大利亚的袋鼠,这两个风马牛不相及的事物之间会有什么样的联系呢?当年白人第一次抵达澳大利亚的时候,发现了一种奇怪的动物,赶紧问身边的原住民那是个什么东西。原住民估计也是第一次见到白人,英文水平还达不到我这个从一数到十的水平呢,只有本能地回答:"不知道。"白人以为这就是袋鼠的名字,从此澳大利亚土语的"不知道"就成了英文的"袋鼠"。

得州的名字其实和袋鼠一样都来自原住民语言,只不过是印第安语。印第安的"tejas",意为"朋友"或"盟友"。西班牙探险家最初来到这片土地时问印第安人这里的名字,淳朴的印第安人认为白人是不远万里而来的客人,所以就把这个单词脱口而出,结果大家误以为是地名而沿用下来。仅次于阿拉斯加州的全美第二大州得克萨斯被称为孤星之州,这个名字可不是由得克萨斯文人一时风花雪月创造出来的诗意单词,在历史上它曾经是一个国家,叫孤星共和国。这个国家当时的面积比现在的得州要大许多,北到怀俄明州,西到新墨西哥州,东到堪萨斯州,正正经经是一个历经千辛万苦从墨西哥独立出来的国家。

得克萨斯最早是16世纪初由本打算去往中国的西班牙探险家发现的,后来与

▲ 圣安东尼奥河滨步道

法国人历经无数次扯皮，终于成为西班牙殖民地，1821年墨西哥独立后便归墨西哥所有。随着大量欧洲移民的涌入，斯蒂芬·奥斯汀、山姆·休斯顿联合印第安人发动起义，在美国的支持下脱离墨西哥建立了孤星共和国，他们的姓氏也成为今天得州首府和最大城市的名字。墨西哥不承认得克萨斯的独立，而美国承认。1845年美国宣布如果得克萨斯共和国愿意加入美国，美国将承认格兰德河为其边境。同年得克萨斯加入美国，成为美国的第二十八个州。

今天我来到的地方圣安东尼奥，就是孤星共和国血泪建国史的见证，至今在

▲ 圣安东尼奥的连心锁桥

　　美国依然被颂扬的阿拉莫就在圣安东尼奥市中心。100多年过去了，今天这个见证历史的古迹每年依然吸引着250万游客来此参观，当年保卫得克萨斯的187名勇士受到了一代又一代美国人的敬仰。阿拉莫被称为"得克萨斯的自由摇篮"。那场为了争取自由独立的战役也成为今天美国精神的一个缩影，"Remember the Alamo！（铭记阿拉莫）"这句振奋人心的口号美国人直到现在听后都会热血沸腾。站在斑驳的阿拉莫古战场遗迹面前，看着今天来自世界各地的游客，真是不敢想象眼前这一片祥和的景象曾经历过那么悲壮的时刻。

　　1836年春天，墨西哥独裁者听说得克萨斯人居然成立了一个独立的国家，二话不说带领着7000大军就向阿拉莫进军。阿拉莫人对抗敌军的只有区区100多人，而且还不都是军人，完全是散兵游勇。这场战役是不是美洲历史上的淝水之战,阿拉莫人是不是同仇敌忾地将墨西哥军队打得一败涂地?不是!战役并没有出现奇迹。13天后,墨西哥军队彻底占领阿拉莫,所有的男人被屠杀殆尽,只有女人和儿童能保住性命。但就是这短短的13天,给了休斯顿将军一个缓冲的时间。3个星期之后,他重新集结部队,打着"铭记阿拉莫!"的口号进行反攻,不但打败了墨西哥军队,还俘虏了领兵的独裁者。从此墨西哥失去了阿拉莫,彻底失去了得克萨斯。

当年的守军就在圣安东尼奥一座名为"阿拉莫布道团教堂"的建筑物里设立指挥部,与墨西哥军队浴血奋战。目前这处遗迹并不大,绕着走一圈也用不了多长时间。其实当时守护的城堡比现在这个遗迹要大许多,当年的城墙大多已经损毁,逐步扩建为今天的圣安东尼奥城区。我还特别注意到,来这里参观的游客很多是苍颜白发的老兵。他们穿着军装,庄重地瞻仰着先辈们留下的遗物,如摆在展台里的战旗、军刀、文件等。作为与阿拉莫战役毫无关系的中国人,我都不由得感慨万分,还特意在后花园里录了一段有关这段历史来龙去脉的视频。美国人更珍视这段历史,分别在1960年和2004年把这段历史搬上银幕,让全世界的人都记住这些勇士。

这个城市分两层

　　驾车从洛杉矶出发,向东穿过亚利桑那州的凤凰城以及新墨西哥州,就能到达有着彪悍民风的得州,得州人民有多彪悍?有这样一个例子。奥巴马想要在美国禁枪,对此得州州长就一句话:"有本事你自己来拿!"奥巴马听到这话也无能为力,得州人的生命中离不开5样东西:阳光、空气、水、食物和枪。得州人最自豪的是"We never call 911, we have guns.(我们从不打911报警电话,我们有枪。)"

▼ 得州旷野中的晚霞

▲ 圣安东尼奥的河滨步道

　　在得州可以合法佩带枪支上街溜达，尤其在拉斯维加斯枪击案发生以后，得州出现了一个让人目瞪口呆的景象，那就是满大街的人，甚至连怀抱婴儿的主妇都背着半自动步枪逛街。不过也有例外，在公立学校、投票场所、法庭、跑马场、机场这样的场所，仍然禁止携带任何形式的武器入内。粗犷是得州的代名词，来得州你会发现这里什么都大，这可是得州人的骄傲。在美国有句著名的谚语"Everything is bigger in Texas（什么东西在得州都要大一号）"或者"Texas size（得州尺码）"，这是得州人对外地人的解释，也是外地人对得州人的理解。

　　来得州旅游，哪个城市最能代表这个民风彪悍的州呢？我的答案只有一个，圣安东尼奥！不到这里您是不会真正感受到什么叫得克萨斯的。别看它不大，但在美国很有名气。圣安东尼奥有点类似于中国的苏州，是极富当地人文自然风

29

景特色、极富吸引力的城市。需要强调的是，叫圣安东尼奥的城市在美国一共有3个，得州有1个，人口最多，有140多万。佛罗里达州还有1个，人口1000人左右；紧挨着得州的新墨西哥州也有一个圣安东尼奥，人口不足1000人。这要在中国，后两个城市连个街道都算不上。所以一定记住了，来美国要去得州的圣安东尼奥。

我们从中国直飞洛杉矶，在机场租好车开到住处休整了两天用以倒时差、补充体力，临出发那天我又在安大略机场租了一辆极具"美国风"的野马两座白色敞篷跑车。打开导航一看，距离圣安东尼奥差不多2200公里，如果马不停蹄地开到目的地需要十八九个小时。哇！不可能吧？从北京到广州也就这个距离啊！美国没中国大啊，怎么刚去第一个城市就一下从北京开到广州了呢？而且去这个城市的距离还不到横穿美国大陆一半的距离啊！本来打算第一天抵达目的地的希望彻底破灭了，两辆车从中午开到晚上，在图森住了一晚，第二天起了一个大早，马不停蹄地开，入夜后才抵达圣安东尼奥。

夜里市中心的大街上已经没什么游人了，被灯火通明的高楼大厦点亮的街道和美国其他城市别无二致，说好的西班牙风情呢？说好的得州范儿呢？美国最具特色的城市就是这般造型？如果不是预订的酒店极为可心，劳累了一天的我真不知道怎么度过今晚。圣安东尼奥可是被著名旅游杂志《柯尼旅行家》（*Conde Nast Traveler*）誉为"全美第二位、全球第九位最受喜爱的旅游城市"。其中很重要的一条原因是圣安东尼奥融合了包括西班牙文化、墨西哥文化和美国印第安人传统文化等多种文化，文化的多元性让圣安东尼奥格外丰富多彩。可我眼前的景象实在让人失望。难道杂志是在骗人吗？

我在第二天早晨才找到答案，吃完早饭走出酒店前往圣安东尼奥最著名景点河滨步道的路上，日光下的这座城市恢复了本来面貌。间或传入耳膜的陌生西班牙语时时在提醒着你这座城市的由来，安然矗立在道路两旁的建筑和雕塑也在告知游客这里的墨西哥风情是多么浓郁。我能想象在路边小楼的阳台上，一个拉丁

▲ 在圣安东尼奥可以乘坐马车游览

▼ 圣安东尼奥的雕塑

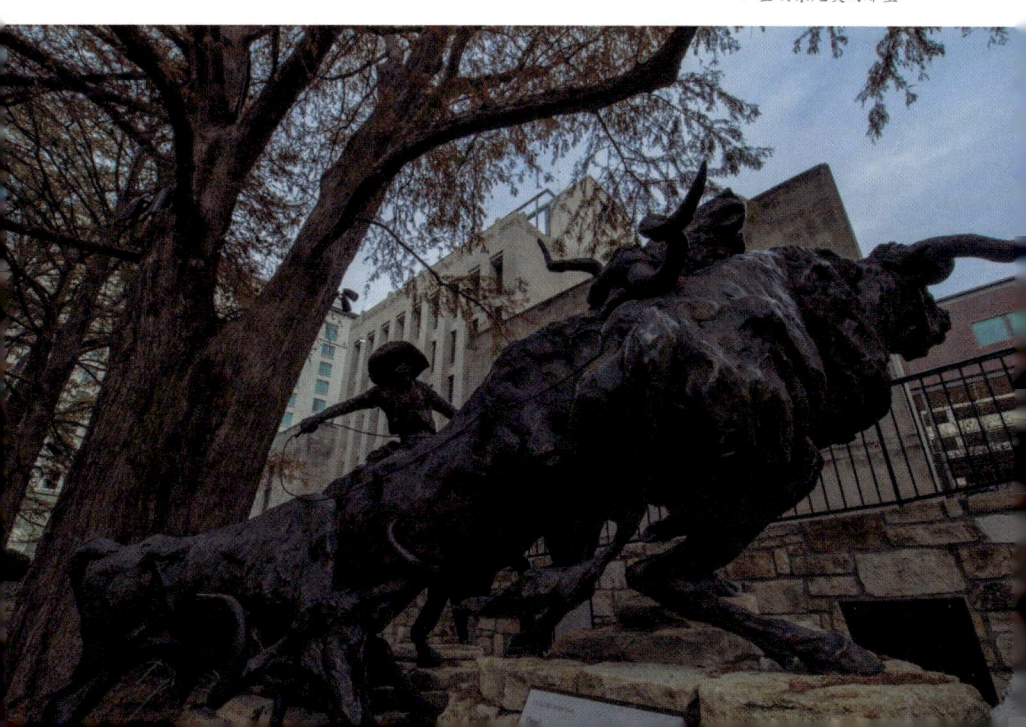

美女靠着铁艺卷丝花边的围栏，安静地听着一个头发微卷、眼窝深陷的浓眉帅哥念诗，而且很有可能女孩的名字叫芭芭拉，男孩的名字叫胡里奥。我想任何人来到这里都会产生无限的联想——有关拉丁风情的联想，以及对拉丁民族那热情的民风的期待。

  知道圣安东尼奥的人都说这个城市有两层，上面一层应该是我昨天晚上抵达这里时见到的面貌。真正的圣安东尼奥在下面一层，这一层的名字叫河滨步道。这里是一个闹市中的桃花源，我感觉比纽约的中央公园更有意境。当年在钢铁丛林中的曼哈顿见到绿树成荫的中央公园时着实吃惊不小，如此闹市，如此寸土寸金的地方，居然辟出这么大一块地方建一个森林公园！让我感觉就是沙漠中的一片绿洲、大洋中的一座绿岛。中央公园给我的震撼已经不小了，没想到圣安东尼奥给了我一个更大的惊喜，中央公园只有一层，而这里是上下分层，更加错落有致。中央公园

▼ 蜿蜒的河水流经整个市区

只有绿树草坪，而这里河水蜿蜒流淌，更平添了一份灵动。

圣安东尼奥河流经整个城市，20世纪20年代，人们在市中心建了这个4.5公里长的河滨步道。没想到本来是因一场洪水而让人们改造河道建的这个步道，日后居然成为这个城市的名片。今天这张名片每年能给步道两旁的商家带来7亿美元的收入以及蜂拥而至这个城市的2000万游客。我甚至觉得这个城市完全可以孤立于整个得州、整个美国，单独向世界各地的游客展现它与众不同的魅力。因为在圣安东尼奥有这样一句话："If you miss the River Walk, you have missed San Antonio."这句话怎么翻译呢？把miss译成"错过"的话，这句话就是"如果你没到过河滨步道，就等于没到过圣安东尼奥"。如果把miss译成"想念"的话，那这句话的意思就是"如果你想河滨步道了，那你一定是在想圣安东尼奥"。

惬意地游走在河道和商家之间的步道上，四周是亚热带的各种奇珍异草和极具美国范儿的粗大红松，一个人抱不过来的大树随处可见。这个藏匿于闹市之中的大氧吧确实让人流连忘返，真有点体会到了"偷得浮生半日闲，心情半佛半神仙"的舒爽。如果在步道上遛够了，可以花几美元坐在游船上，吹着徐徐微风，听着圣安东尼奥的历史，运气好的话还能看到露天剧场的演出，在河道中体验一把流动着的河滨步道。

河道两边百余家餐厅酒吧里传出来的各式美味的香气让人印象深刻。中国人来美国自驾最难的一关就是饮食，长时间没有中餐，胃会有点吃不消。不过还好有墨西哥餐，口味比较适合中国人。那最好的墨西哥餐在哪儿呢？当然是圣安东尼奥河滨步道！来一瓶得克萨斯最有名的阿拉莫（alamo）啤酒，让丰浓的泡沫在身体里炸开，把一天的劳累全都炸出体外，让浓郁的酒花铺满味蕾，体验一下得克萨斯式的放松。想品尝得克萨斯牛排吗？想尝试一下墨西哥玉米煎饼（burrito）吗？墨西哥餐中的煎玉米粉卷（taco）又是什么味道？赶紧来一趟说走就走的旅行吧！目的地——圣安东尼奥！

"大快活"绰号的由来

美国深受中国游客的青睐，每年有100多万中国游客蜂拥而至，其中绝大部分是团队游客，中国各大旅行社的主要线路是美国东西海岸和夏威夷，中部的广大地区极少涉足，基本都是一些自驾游的游客才能体验美国中部的广阔天地。我们便领略了美国中部不一样的风景，旅程是从拥有神秘的南部庄园及令人唏嘘不已的黑奴历史、位于美国中南部的路易斯安那州开始的。

路易斯安那州，在美国南部是一个不一样的存在。一说到《飘》，除了想起玛格丽特·米切尔，脑中浮现的一定是一片美国南部种植园的景色，而且景色中一定少不了远处影影绰绰的，被几株巨大橡树包裹的白色小楼，以及近景处零散出现的几个正在劳作的黑奴。虽然《飘》里面的故事发生在佐治亚州，但电影的取景地却在路易斯安那州，因为这里的南部种植园及庄园里的建筑韵味会更浓，更加容易把观众带回到南北战争前的美国南部。

路易斯安那州的代表无疑就是被称为"大快活"的新奥尔良。剧作家田纳西·威廉斯曾经说过，美国只有三座城市：纽约、旧金山和新奥尔良，其他地方都是克利夫兰。可见新奥尔良在美国是一个与众不同的城市，它不像得州的

▲ 美国南部最著名的河流密西西比河

城市，纯粹的西部牛仔风异常彪悍，也不像波士顿，被剑桥城里哈佛、麻省理工浓重的学术气氛所笼罩。新奥尔良给外人展现的是在加勒比海、美国、法国和非洲多元文化的碰撞之下，所爆发出绚丽多姿的风味、情感和声音。就像在这里诞生的爵士乐，源于布鲁斯和拉格泰姆（Ragtime），是非洲文化和欧洲文化的结合。

LA不仅是天使之城洛杉矶（Los Angeles）的缩写，同时也是路易斯安那州（Louisiana）的缩写。那么新奥尔良呢？当地人则亲切地称呼它为"NOLA"

▲ 今天的新奥尔良市中心

（诺拉，New Orleans，Louisiana的缩写）。说到新奥尔良，可能大部分人首先想到的是"新奥尔良烤翅"。这只能怪肯德基的广告太洗脑，实际上烤鸡翅并不是新奥尔良的特色，就像加州没有牛肉面一样，都是商家的噱头。现在听到的新奥尔良是英文New Orleans的直译，其实这个城市是法国人建立起来的，最初的法国名字La Nouvelle Orleans得名于路易十五的摄政王奥尔良公爵。但奇怪的是这个法语名字在男性的Orleans前面用了阴性的形容词，让人感觉有点匪夷所思。其实在18世纪初，法国贵族中盛行女性化的萎靡之风，奥尔良公爵就以爱好涂脂抹粉、穿着女装出名，所以这个法语单词就出现了"阴阳互济"的风格。

但为什么新奥尔良会被冠以"大快活"（The Big Easy）的诨名呢？最早的新奥尔良老城就是今天河边的法国区，开埠后的第一批居民是划桨奴、猎户、淘金士、清洁工，而与这些底层壮劳力相配的女性，是清一色的性工作者。上层社会的优雅、风度、稳重在这个城市里没有落脚的地方，酒精、暴力、偷盗、淫乱成为这里的主题。政府为改变这种面貌引进了大批修女，但收效甚微。所以新奥尔良这个城市从一开始就奠定了狂野不羁的性格，底层社会很多阴暗面在这片土地上扎了根；再加上穷奢极欲的法国贵族不断搬迁到这块殖民地之上，新奥尔良成了法国新贵最奢靡腐化和底层民众肆意享乐的北美殖民地，"大快活"夜夜笙歌，日日迷醉，充耳不闻埠外事，连自己的命运悄悄易手都浑然不知。

我们自驾来到这里时已是傍晚时分，从最北边的曼德维尔开车过大桥。新奥尔良官方推荐的旅游景点不少，在网络上也能查到很多攻略，但不知道为什么都没有这个大桥。我感觉这个大桥才是新奥尔良第一个应该介绍的景点。庞恰特雷恩湖是仅次于犹他州大盐湖的美国第二大咸水湖。大桥横跨大湖直接带我们进入新奥尔良市。晚间的灯光十分诱人，远远地驾车过来，一片耀眼的灯光倒映在湖面上，让整个城市好似披了一层神秘的面纱，幽黄的光线不得不让人把新奥尔良和"大快活"联系到一起。开着敞篷车让清新湿润的空气吹拂脸颊，桥上的灯影随着飞驰的汽车一晃一晃地扫描着全身，湖中的浪花声一拨一拨地敲打着耳膜。新奥尔良，我来了！"大快活"，我来了！

新奥尔良治安欠佳，来到这里要万分小心。我们上次来这里的时候，谷歌地图不知道出了什么故障，居然把我们带进了一个贫民区，幸亏当时我们开的是一辆有着15年高龄的老日本车，加上一路的艰辛，外表又脏又破，那些游荡在街头的青年看了我们几眼就没再搭理我们。逃出去后朋友直接订了一家汽车旅馆，我在车里等待朋友办入住手续的时候，旁边停下一辆皮卡，两个200多斤的壮汉带着枪下车，从我正对面的房间里拎出来两个女人塞进车里绝尘而去。于是我们这次改订了一家位于市中心法国区的五星级酒店，安全隐患没了，不过钱包却

▲ 新奥尔良市中心的街道

▼ 新奥尔良赌场

瘪了。不说房价，两辆车两天的停车费就180美元，但是总体来讲还是物有所值的。酒店不但距离法国区近，距离密西西比河也近，而且对同行的女伴来说最可心的是奥特莱斯离得也特别近，随便抽个吃饭的时间就可以去疯狂扫货，根本不用单独安排车辆和时间。

我们到酒店简单收拾了一下，就去夜游密西西比河。最多步行5分钟，我已经靠在了河边的栏杆上遥望挂着彩灯的跨河大桥。站在这条美国第一大河的岸边不禁感慨，正值枯水期的密西西比河居然碧波荡漾，河面紧挨着河岸，这要是平常日子河水不得漫上来啊？我们所在的这条路名字也叫河滨步道，和我们去得州圣安东尼奥最著名的景点同名，不过这里更加浩瀚，不像圣安东尼奥的河滨步道那么灵秀。那里更适于欣赏，这里更适于放空，眼睛眯起来瞄着远方大桥上橘黄色的光线，耳朵听着波光粼粼的河面传来轻柔的浪花声，让浪花的音频和自己的脑电波一起律动，慢慢地频率趋于一致，大脑什么都不想，让眯起的双眼被橘黄色覆盖，让自己的鼻腔充满柔软湿润的空气。发呆，是现在绝佳的选择，任何信息、想法都屏蔽于体外，在密西西比河的夜色下让自己彻底融入这大自然的赏赐之中。

自驾 横穿美国大陆

新奥尔良没有烤翅，只有波本街

"他们让我乘坐一辆名叫欲望的街车，过六个街口下车便是天堂。"这是费雯丽在经典电影《欲望号街车》中的经典对白，影片中所描绘的那个浮华都市就是新奥尔良。漫步其中听着街巷传来的"叮叮"有轨电车声，看着精致的铁艺镂花栏杆，偷瞄着香艳舞女，仿佛把自己带回了那个法国贵族最为奢靡的欢乐窝，那是穷人眼里的天堂。

在印第安部落的指引下，法国人于1718年在密西西比河河口处的高地安了家，最早的新奥尔良老城就位于河边的法国区，这也是今天新奥尔良最精华、最安全的部分。新奥尔良的上城和下城分别对着密西西比河上游和下游的流向。别看城市布局是呈扇形摊开，但上下城的道路基本上都平行于河流的走向，密西西比河正好在上城与下城之间转了个大弯，这样让整个城市被大河环抱了起来。俯瞰这幅画面，密西西比河像一轮弯月，而新奥尔良则成了"新月城"。

第一次来新奥尔良的人一般最关注两点，一个是被《欲望号街车》捧红的穿梭于城市中央的有轨电车，还有就是连市政府都必须向游客推荐的墓地——新奥尔良最著名的圣路易斯一号公墓（St. Louis Cemetery No.1）。我第一次来新奥尔

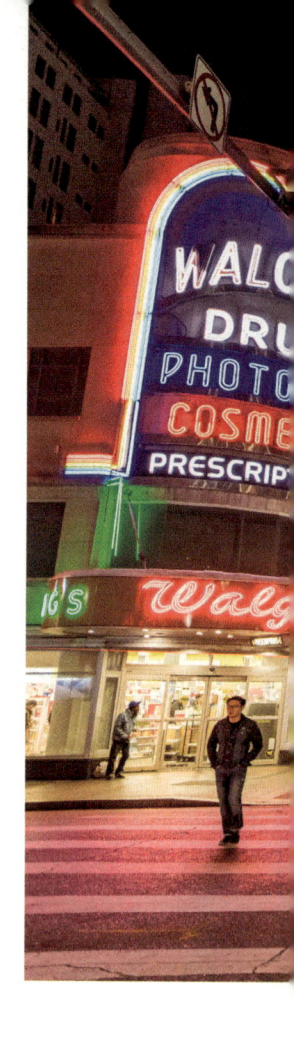

▲ 新奥尔良夜景

良的时候也没能免俗，满大街找费雯丽说的那个车站，都开着车找到贫民窟里去了。其实那是一个虚构的站名，新奥尔良并没有那么一个距离天堂仅仅六个街口的车站，也始终没能找到一辆叫欲望号的街车。还有就是那个被誉为世界最美的墓地，西方人对墓地不像东方人有本能的排斥，他们乐于在墓地旁定居，说是可以有很多永远不会打扰自己的朋友。不过我作为东方人还是比较忌讳，坐在车里没进去参观。

虽然没有找到欲望号街车，但这个城市的有轨电车从未停运过。当时的珀利托马斯电车（Perley Thomas streetcars）每经过一个站点就会像今天的电车一样发出"叮叮"的声音。它把皇室街、运河街、马里尼、第九区的人们带到波本街——这个城市的中心。如果说法国区是新奥尔良的灵魂，那么波本街就是法国区的灵魂。其实早在1788年，一场无情大火毁掉了法国区八成的建筑，重建工作完成后，波本街也不是声色犬马之地。当时的波本街只是一个极度生活化的住宅区，绝非餐厅、夜店、商铺的庞然聚集地。爱尔兰裔日本小说家小泉八云在1880年前后曾旅居新奥尔良，就住在波本街516号。20世纪70年代，"今天的"波本街才成形，也正是从那个时候起，曾经象征着浪漫的《欲望号街车》的街车彻底绝迹于波本街。

爵士乐的殿堂级人物路易斯·阿姆斯特朗曾快乐地唱道："我会带你漫游

▼ 新奥尔良城里的老建筑

▲ 音乐是波本街永远的主题

波本街,你会看尽繁华,你会看遍倒霉蛋。"波本街就是这么一个欲望的天堂!上次来这条街的时候是在早上,经过一夜的狂欢,大街上垃圾遍地,各种酒瓶扔了一地,再加上酒鬼喝多了吐得满地都是,那次对波本街的印象真是不怎么样。

　　这次来到波本街是在晚上,整条街都在修路,大多数地方全都给刨开了,游客只能沿着边儿行走。不过这次看到的波本街和上次迥然不同,我发现波本街和拉斯维加斯一样,白天都是灰头土脸,一到晚上,纸醉金迷在夜色的笼罩下被演绎得淋漓尽致。全美国也没有几个地方像波本街这样,能拎着酒瓶子边走边喝。我们也凑热闹买了手榴弹酒,里面混合了伏特加、朗姆酒、杜松子酒、谷物酒和甜瓜利口酒。可以选择正常或者沙冰状,10美元一个,在大街上边走边喝很有新奥尔良范儿。

当然了，来波本街不能光喝酒，最重要的是体验当地文化。新奥尔良的移民主要由克里奥尔人（Creole）和卡真人（Cajun）组成。克里奥尔人分两种，一种是法国、西班牙以及他们混血的后代，另一种是从西非掠夺过来的黑奴后裔。卡真人是1755年以后从加拿大魁北克地区移民到路易斯安那州的法国人后裔。可别小看这个区别，他们带来的文化是有很大差别的，可不是都会说法语那么简单。

克里奥尔烹饪风格混合了法国、西班牙、加勒比和非洲传统，手法上更接近欧洲大陆的传统风味，味道上也相对没有卡真食物那么辛辣。卡真食物源于法国和加拿大的农村家常菜，也就是我们说的"农家乐菜系"。二者不约而同地大量采用美国南方本地的原料和香料，比如洋葱、芹菜、青椒。还有一个路易斯安那州的特产，那就是中国人极为熟悉的小龙虾，味道也是浓厚辛辣。在

▼ 夜晚的新奥尔良

饮食上二者还有一个区别，米饭永远是卡真人的主食，而克里奥尔人则坚守着西方人饮食中的汉堡和面包。

法国区独特文化中最知名的就是音乐。这条新奥尔良的古老街道是爵士乐的诞生地，波本街的每一天都是音乐的盛会。最著名的典藏音乐厅（Preservation Hall）在1961年建立，目的是保护并纪念传统的新奥尔良爵士乐。它位于皇家街和波本街之间，是一间从外面看非常不起眼的小木屋，但每天晚上门口排起的长队展示着传统爵士乐的魅力。每年当地有100多位演奏家演出超过350天。每天晚上8点、9点、10点各有一场演出，有时6点也有，门票只收现金。和我一起来的朋友中有一个是专业学音乐的，也曾经组过十几个乐队，而且恰好他还是主吉他手。第二天晚上我和他再一次去波本街的时候，目的就是听音乐，既不吃饭也不喝酒。那些黑人吉他手弹得极为投入，朋友说了一句我印象极深的话："技术没有什么特别高超之处，不过对音乐的理解明显比我们强太多了。"

波本街可不只是街道两边的门店里热闹，大街上一样是热闹非凡。爵士乐的助兴陪衬、街头艺人的滑稽戏法……一切都洋溢着兴奋与狂野！

最后提醒一下要来这儿的朋友，来新奥尔良别为了逛波本街就在这条街上预订酒店，这里可是彻夜狂欢的地方，音乐声、酒鬼、兴奋的游人都会让附近的分贝数保持在高位。和波本街一样有名的是与它平行的皇家街，这里就不是狂欢的地方了，街道两旁大多是卖艺术品的店家，在这里住宿相对会安静一些。

探访《乱世佳人》《夜访吸血鬼》的取景地——橡树庄园

由玛格丽特·米切尔的著名小说《飘》改编的电影《乱世佳人》中，有一段话外音："这里曾经是骑士和棉花的土地，称为老南方，在这个美丽的世界里，骑士之风已成为过去。骑士和淑女，庄园主和奴隶，在这里最后一次出现，只有在书中才能见到，如今只是梦的追忆。一代文明，随风飘逝……"一下就能把你带入100多年前美国南方的景象：一望无际的棉田，一声不吭埋头苦干的黑奴，被几株大橡树包围的白色小楼，以及穿着华贵衣服的绅士淑女的浪漫爱情场景。我对美国南方的印象太电影化了，那真正的南方景色应该是什么样呢？

在导航里输入3645 Louisiana 18, Vacherie, LA 70090, USA，然后踩下油门，汽车就带着你前往大名鼎鼎的橡树庄园。据官方公布的数据，橡树庄园是排在新奥尔良第二名的旅游景点。我不禁想起了《为奴十二载》《农奴》《飘》这样的经典影片。这些电影里，让我印象最深的是橡树和密西西比河，橡树在美国很常见，但只有这里的橡树让我最有感觉，就像法国梧桐明明遍布中国，但能让我有感觉的只有上海。密西西比河明明是美国第一大河，加上分支一共流经美国29个州，但真正让我有感觉的只有路易斯安那州、密西西比州和亚拉巴马州的那段。

▲ 那个时代庄园主的卧室

为什么？一定是棉田，一定是庄园主，一定是黑奴文化。

  坐在行驶的车上望向远方，视野里再不会出现棉田的踪迹，还好有一望无际的绿色田园景色，不会让人有重回高度发达的现实社会的感觉。外面下着小雨，从空调出风口里传来湿润的鲜草味道，汽车风挡也见不到浑浊的泥点儿，干干净净！这是在美国南方田园雨景中的真实感受。收音机里的美国乡村音乐与路易斯安那州的田园美景相得益彰，音乐把美景放大，美景让音乐深化。我来美国之前特意在北京用U盘下载了好几百首音乐，为这次上万公里的自驾游提前做好准备，但事实证明这工作完全多余。美国收音机里一天中任何时刻都有音乐节目，

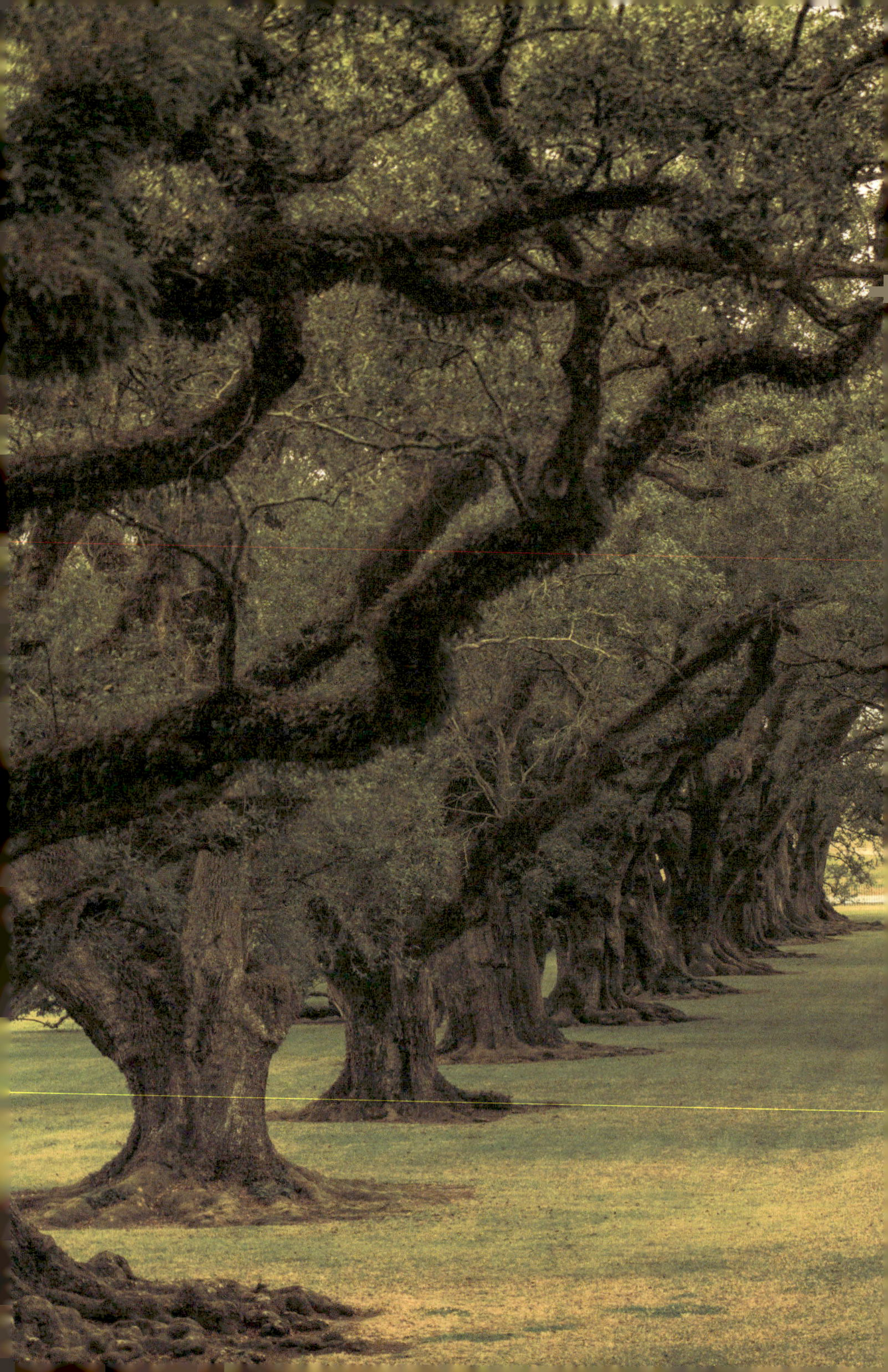

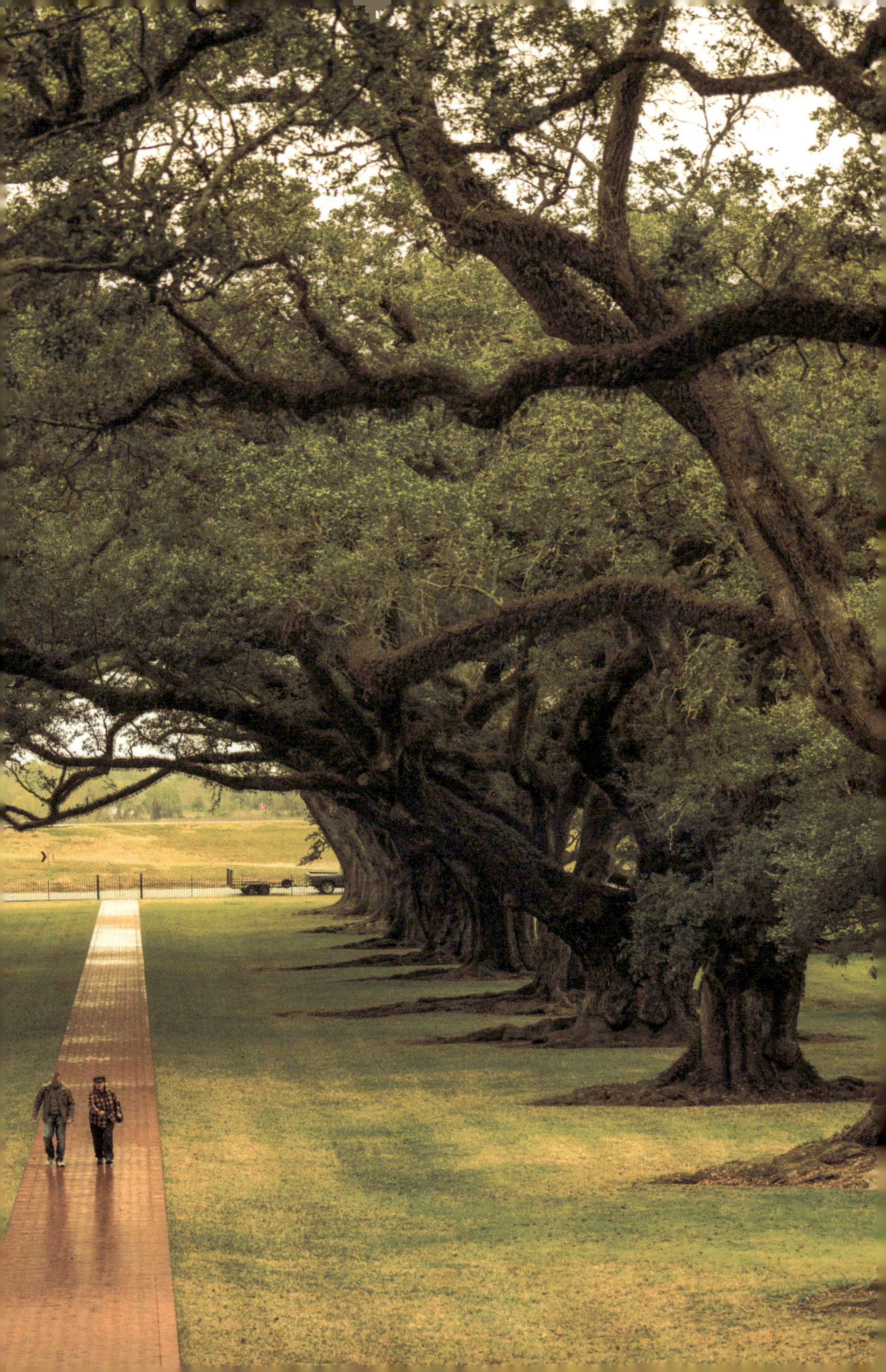

▲ 橡树庄园的后花园

▼ 有着300年树龄的橡树

总有听不完的好音乐，所以在美国自驾绝对是一种享受。

我正在细雨中听着音乐驾驶，看到对面几百米外有3辆闪着警灯的警车在给一辆超长超宽的大型运载车辆开道。我规规矩矩地向外靠慢行道并了过去，给对方充足的宽度以方便他们行驶。在距离警车还有100多米的距离时，最前面的警车突然快速向左猛打方向，闪着警灯疾速向我冲来！我长这么大从没见过这样的场景，自己正常行驶的情况下，对面的警车居然越线逆行高速向我撞过来！我本能地踩一脚刹车将车停靠在路边。对面的警车在距我30米的地方右打方向盘重回自己的车道。在路易斯安那雨中的田园边，我和后面一辆跟着我正常行驶的，被逼停在路边的车傻傻地待在原地目瞪口呆。知法犯法吗？警车高速越线逆行吓唬我？还是美国开道的警车都这么负责任？不单我一个中国人不明白，跟着我被逼停的美国司机也在那儿冲着我直耸肩。

等我缓过神儿来，警车带着货车早就走远了。继续往前开，终于来到密西西比河岸边的橡树庄园，从新奥尔良市中心出来开到这儿差不多一个小时左右。橡树庄园的美来自那28棵有着300年树龄的大橡树，大橡树分成两排等距排列，在相隔约25米的两排大树中间建有一条甬道，大橡树外边是庄园主住的3层小白楼和波涛汹涌的密西西比河。美国人十分喜欢橡树，在洛杉矶，别的树可以砍倒，但想砍橡树的话必须报批，如果批不下来，即使大树的树根把家里的墙拱裂了，也是不能动它分毫的。

这个庄园是本地的一个法国望门买下来的，他父亲是开甘蔗种植园的富翁，哥哥后来当上了路易斯安那州的州长，姐姐嫁给了糖业大亨。他这个富二代娶了新奥尔良富家小姐后的两年开始子承父业经营种植园，还为妻子修建了这幢白色的别墅小楼。但城里来的富家小姐实在过不惯乡间生活，基本上都在市区里生活，两个人的婚姻可谓有名无实。三观不同依靠金钱也只能有个开始，想持续下去确实有些不靠谱。南方的种植园主是很有钱，但建的这个白色小楼多少显得太单薄了。你看北方富翁的宅邸，不管是罗德岛的听涛别墅还是加州的赫氏古堡，虽然比这里晚建了半个多世纪，但人家的规模、气势是南方这些农奴主没法比的。我在想这里的女主人是不是去北方见过世面啊？当年工业化热火朝天的北方和农奴主种植园的南方可谓天壤之别，新生资产阶级和老迈的农奴制社会形成了鲜明对比。

结婚14年后，男主人暴病身亡，身为富家小姐的女主人总算回到了这个为她而建的白色小楼里。当时庄园的状况还是不错的，家里有100多个黑奴，这在当时算相当有钱了。但女主人除了享受其他什么都不会，这么大的一个家业没多久就让她败得债台高筑。还好他俩还有个儿子，在他20岁的时候接管了破败的家业，儿子可能继承了家族的基因，很快就让种植园扭亏为盈，眼看就要重铸家族辉煌的时候，南北战争爆发了，而且林肯还在北方给黑奴自由，这下哪个黑奴也没心思干了，全到北方获得自由之身去了。新主人经营5年彻底宣告失败，庄园被迫转手。

1866年以后庄园曾经几度易手，最后一任房东在1925年买下橡树庄园，坚持到了1972年，实在无能为力了，在去世前成立橡树庄园基金会，开始向社会开放，这也是游客能够入内参观的原因。停车场在后门，买票进入以后就是橡树大道，能看到铺天盖地的橡树枝权。300年的树龄在橡树600年的寿命中应该是正值中年，还属于年富力强的阶段。从入口处进来正好有个小十字路口，向左是白色的三层小楼，即庄园主的住处。向右就是黑奴的住所，展示着他们生活、生产空间，还有受罚时使用的刑具。 新奥尔良是当时黑奴登岸最大的港口之一，其中一个原因就是新奥尔良位于密西西比河河口，内河航运极为方便，成了著名的商品集散地。当时，黑奴也是商品，因此，新奥尔良也有很多个黑奴拍卖场。新奥尔良盛产木材、棉花、甘蔗和稻米等，因此大量的黑奴受奴隶主的奴役，在各大种植园中辛苦地劳作。

橡树大道的最佳取景地点是白色小楼的二楼阳台，站在阳台上向前望去，一条绝美的小路就会映入你的眼中。冬天、夏天、晴天、雨天、清晨、黄昏，橡树

▲ 庄园主的餐厅

大道会呈现出不同的姿色。二层的阳台围绕这个建筑建了一圈，出门正面是橡树大道，往左能看到当年由主人的小女儿设计的花园。背面远处是黑奴的生存空间，原来的铁匠屋已经改成了今天的纪念品商店。来这里一定要试试他们家的面包布丁，真的超级美味，甜而不腻，入口即化，香醇可口，回味无穷。

在这幢别墅里还拍摄过汤姆·克鲁斯和布拉德·皮特主演的《夜访吸血鬼》。我来的时候是在白天，橡树扭曲的枝杈搭造了一条通往密西西比河的林荫大道，可以想象，夜晚这里的参天大树多少能营造出一种哀怨的氛围，这也是以吸血鬼为主题的影片会来此取景的原因。可惜橡树庄园不提供住宿服务，不然真可以在这里住上一夜，感受一下"夜访吸血鬼"的刺激。

53

杰克逊维尔——
佛罗里达州最大的城市

从美国东海岸的洛杉矶,一路开到美国西海岸的杰克逊维尔,心里多少有点小小的成就感——太平洋和大西洋这两个世界最大的大洋,被我的行程路线连在了一起。从洛杉矶的圣莫尼卡海滩,也就是10号高速路的起点,一直开到了佛罗里达州最大的城市杰克逊维尔,这下可以看到大西洋了,可算能踏实下来好好休息一下了。

这个城市虽然和圣安东尼奥、新奥尔良纬度差不了多少,都在北纬30度附近,和中国的杭州基本一样,但气温明显要高出许多,第二天一大早我们去海边的时候,随行的女伴都穿上了夏天的纱裙。不管在新奥尔良还是圣安东尼奥,12月中下旬没人敢穿夏装去海边。杰克逊维尔在佛罗里达州属于最北的城市,也是最大的城市,而且还是海滨城市,气候相当不错,不会像迈阿密那样酷热难耐,也不会像同纬度的城市那样潮湿阴冷,夏天的气温也就32摄氏度,极少会超过35摄氏度,所以在我来到这个城市之前一直以为它会像洛杉矶或圣迭戈那样是个非常著名的海滨城市。对中国人来说佛罗里达州并不陌生,尤其说到迈阿密更是耳熟能详。其实迈阿密只是佛罗里达第二大城市,真正的"大哥大"是我现在所处的杰克逊维尔市。

▲ 杰克逊维尔的海滩，大西洋的海滩

　　但事与愿违，上帝如此偏爱的一个地方，竟然在美国的大城市排名里才排到第15名。人口只有区区百万，相当于中国鹤岗、鄂州、酒泉市这样的量级。我真不明白美国为何如此暴殄天物。从地理意义上说，杰克逊维尔拥有4个机场，3个海运港，是绝对重要的港口城市，其国际机场的年客流量为500多万人次。文化娱乐方面，附近有职业高尔夫球协会总部、世界高尔夫村、美国职业高尔夫球协会大厅、职业网球协会之家等，高尔夫球场超过50个，还有一支小俱乐部联合会职业棒球队。此外，购物中心、会议场所等也很充足。在自然资源上更是拥有80多公里的沙滩，气候宜人，非常适合居住、旅游。如此得天独厚的条件居然被白白浪费！我真是百思不得其解。

佛罗里达的天不但蓝而且看着很低，和它同纬度的新奥尔良的天空在这个季节有点北京深秋的样子，秋高气爽，天看着很高。但杰克逊维尔却是北京夏天的样子，气压很低，显得天空也很低。再加上到处都是绿色的棕榈树，给人一种到了类似海南岛这样热带区域的感觉。来杰克逊维尔主要就是看海，尤其在美国西部洛杉矶、旧金山、圣迭戈、西雅图这样的太平洋城市住了长时间的人们，来到杰克逊维尔第一个目的就是看海，不一样的海，大西洋的海！

我们直接来到大西洋海岸边，看一眼大西洋，以确认我们已经从太平洋海岸边的洛杉矶来到了大西洋海岸边的杰克逊维尔，真的已经横穿了美国大陆，完成了两个大洋之间直线距离4000公里的自驾行程。

▼ 从太平洋到大西洋，同伴很兴奋

海边的感觉和在洛杉矶没什么区别，都是一样的沙滩酒店，中间是空旷的停车场，停车场通往海滩的是一条用绳子或木板搭成围栏的小道。走在沙滩上看着平静的海水我不禁感到奇怪，难道这里不让游泳吗？怎么看不见海滩救生队用的两层瞭望台？如此细腻的沙滩，如此平静的海水，不来个浴场太暴殄天物了吧！向两头望了望，确实没有冲水用的花洒，海里也没有游泳的人，只有岸边几个正在专心致志钓鱼的人。我估计没人在这里游泳的原因是发生在2015年的两起鲨鱼袭击游客事件，尤其是8月的那次，被袭击的是一个孩子，缝了90针。美国是一个注重儿童保护的国家，发生这样的事件，我想就连市政府也承受不住压力，主动把浴场关闭了。不过这都是我个人的猜想而已，没有任何证据。眼看着这么好的浴场却没有一个下海游泳的游客，还是感觉太可惜了。

在美国去过无数个海滩，无一例外地都能看见人工搭建的一直通到大海里的栈桥。最夸张的栈桥是洛杉矶圣莫尼卡海滩那个，栈桥大到上面都有游乐场。著名的美国66号公路的终点居然在这个栈桥之上！海滩上栈桥的普及程度在美国就相当于麦当劳，圣迭戈的栈桥上甚至都有旅馆，别说，在栈桥上住一晚真是不一样的旅行体验。反正我是真搞不懂如此得天独厚的一个城市为什么显得死气沉沉。也可能像杰克逊维尔这样的城市在佛罗里达显现不出什么特色，如果说细腻的沙滩，这个城市往南一点的代托纳比奇海滩要更胜一筹。论特色，奥兰多那里有世界最大的迪士尼。论海边的风景，西海岸的坦帕又独具特色。论知名度呢？迈阿密不单是佛罗里达，甚至整个世界都是无人不知的。既生"瑜"，为何又生那么多"亮"？我想这是佛罗里达州最大城市杰克逊维尔"死"也想不明白的事儿。

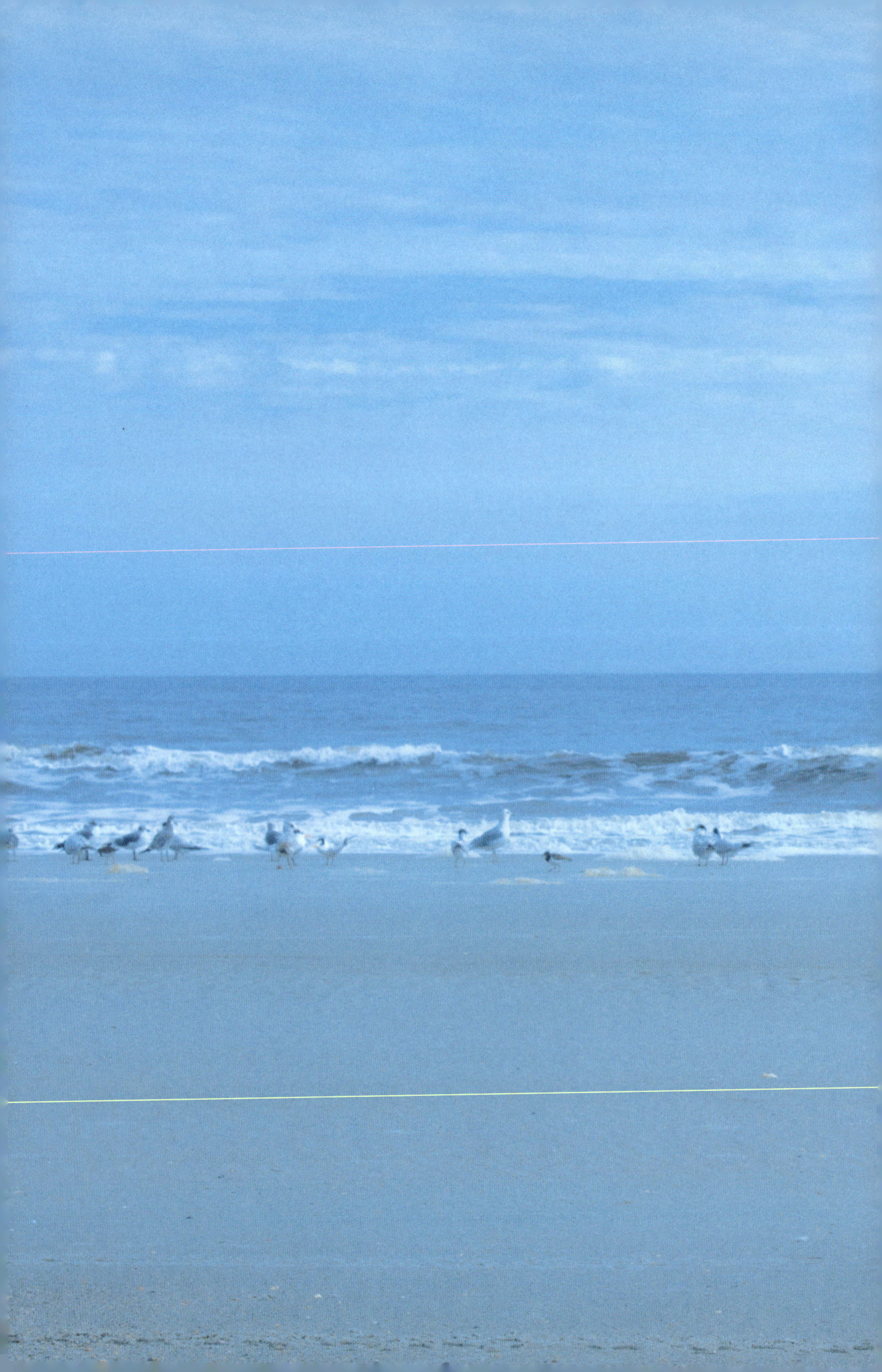

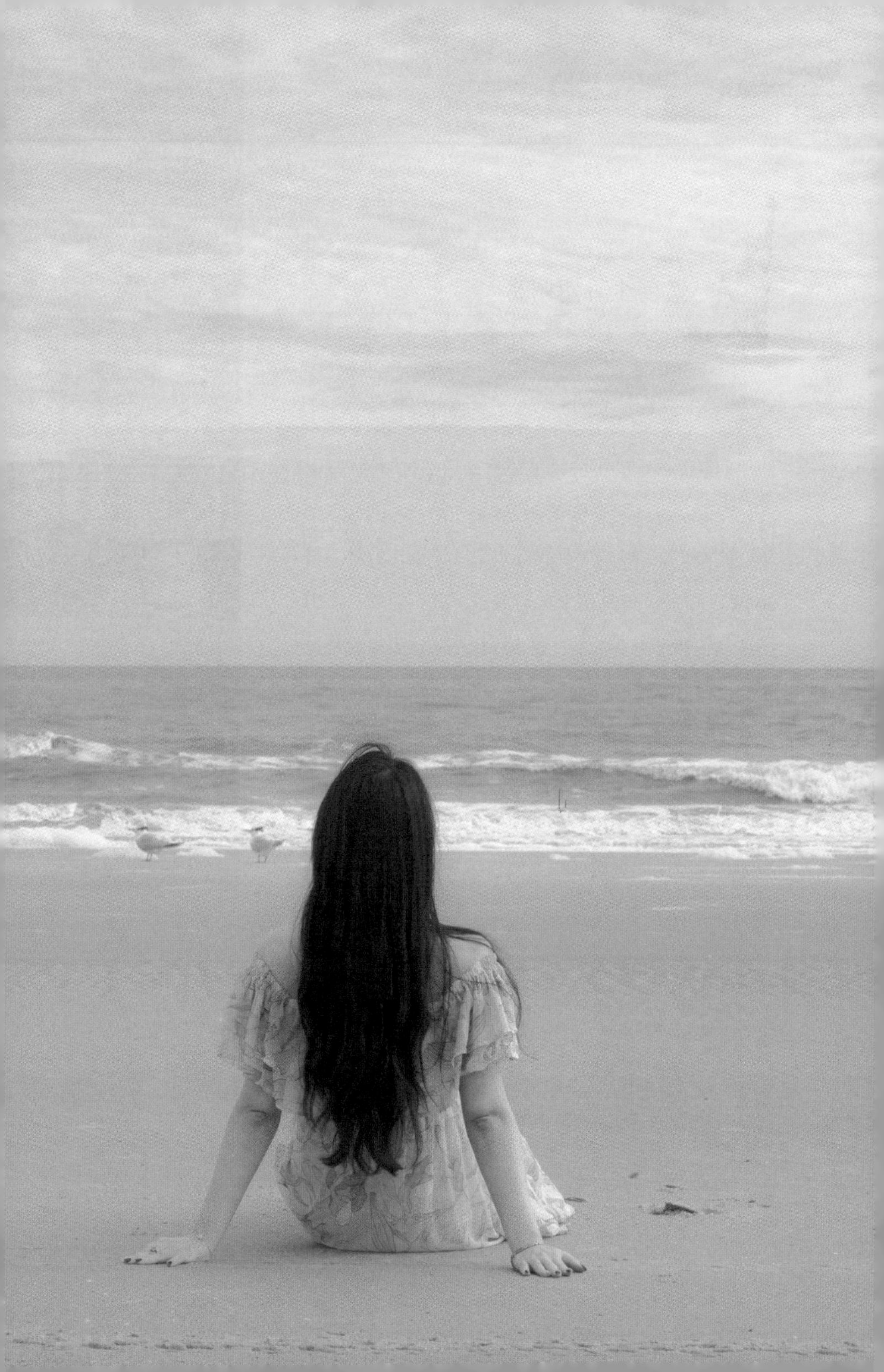

活色生香迈阿密

全世界公认的度假天堂迈阿密居然有3种官方语言：英语、西班牙语和海地克里奥尔语。迈阿密是个年轻的城市，1896年7月28日才正式建市，当时只有300多名市民，可见这个市建得多少有点勉强，在中国连镇子都算不上。不过建市以后迈阿密发展倒是挺快，仅仅4年时间人口就达到了1000多人，几乎增长3倍多。到了1920年，这里的人口是建市时的85倍。在第二次世界大战期间，美国政府利用迈阿密的战略地位，在其周边建造了许多基地以及通信设施。战后，随着许多军人回到迈阿密，到1950年，它的人口已达到50万。

真正让迈阿密发生质变的不是美国，而是古巴。1959年古巴革命将独裁者巴蒂斯塔赶下台，菲德尔·卡斯特罗开始执政，大量古巴流亡者开始前往佛罗里达。仅1965年一年，就有10万古巴人通过每天两次自由航班从哈瓦那来到迈阿密。1980年的马列尔偷渡事件，有15万古巴人一次性渡海到达迈阿密。

现在的迈阿密是老年人、时装设计师、比基尼泳装模特儿和古巴移民的天堂。由于老年人多，迈阿密被称为"上帝的等待室"，但这里的老人大都很有钱。

▲ 迈阿密南海滩

　　由于比基尼模特儿和设计师多，这里又是时尚潮流的大舞台。世界顶级时装品牌拥有者范思哲，就是在迈阿密的别墅前中枪而亡。时尚和金钱是孪生的，所以2009年，迈阿密还被瑞银集团评为美国最富裕城市和全球第5富裕城市。

　　迈阿密有个十分著名的区域叫小哈瓦那。从名字来看，那里的古巴移民就不会少。移民里包括合法移民和非法移民。特朗普要对非法移民零容忍，结果各州都表示反对，尤其看到被关押的墨西哥非法移民与孩子骨肉分离的新闻，全美

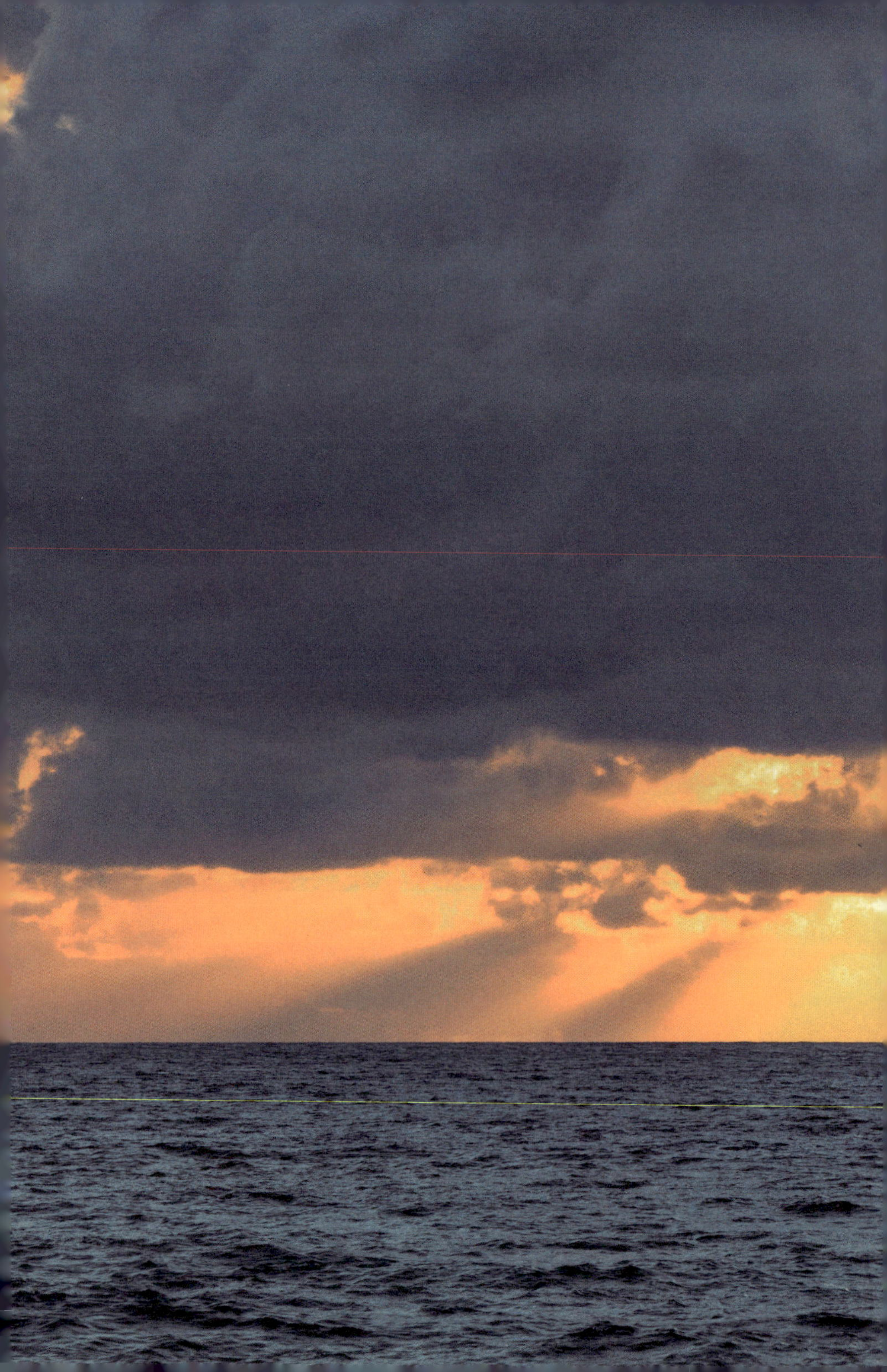

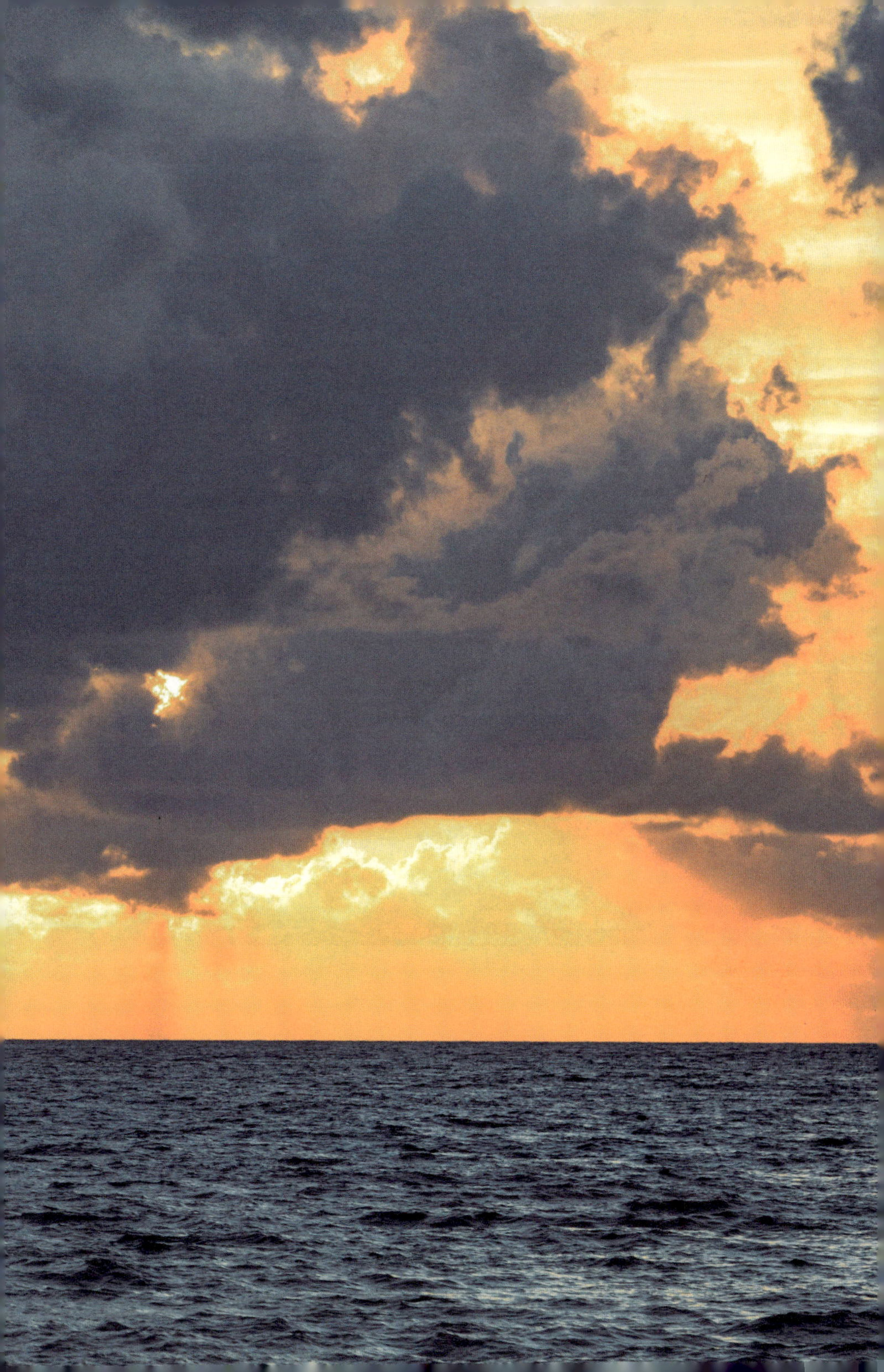

一片挞伐之声，看来这项政策也要半途而废了。由于迈阿密有为数不少的非法移民，在那里旅行一定要注意安全。南海滩这样的地方肯定是没问题，到了夜晚，跨过比斯坎湾的地区可就不好说了。迈阿密"荣获"过全美国谋杀率最高的城市称号。但即使这样，它每年依然能吸引超过2500万人次旅游。当然了，也

▲ 南海滩景色

有好消息：2008年，迈阿密被《福布斯》杂志评为美国最干净的城市。

迈阿密哪儿最好呢？SoBe。SoBe是美国人对南海滩（South Beach）的昵称，是奢华、绚丽生活方式的代名词。南海滩曾被旅游杂志评为世界十大海滩之一，能获此殊荣是因为这里的夜生活香艳多彩、妖娆绮丽、活色生香。比斯坎湾和大西洋夹出来的南海滩代表着迈阿密的奢华、香艳、诱惑，集结了上百家的酒吧、餐厅、精品店以及无数面朝大海的五星级奢华大酒店。

  这次的迈阿密之行，订酒店是个难题，我们在杰克逊维尔的时候就开始查找迈阿密的酒店。我们来正好赶上圣诞节度假高峰时段，想订一家称心如意、物美价廉的酒店着实属于异想天开，这个季节的迈阿密能订上酒店就是万幸了，除非你远离比斯坎湾和南海滩。我在南海滩订了一家五星级酒店，正对大西洋的房间如我所料早已满客，只能订侧面的房间，不过也有海景阳台，能看到日出，也能看到晚上市中心里灯红酒绿的商业街。迈阿密很多五星级酒店都有自己的专属海滩，提供免费的防晒霜和遮阳伞服务。不过美国人用的防晒霜只防紫外线短波，不防长波，也就是说它只能保障你不被晒伤，但一定会晒黑。所以我还真不能占这个便宜，必须得用自己带来的防晒霜。

  在迈阿密不单酒店难订，价格也明显比其他城市要高出许多，想找几十美元的汽车旅馆不是没有，只不过这个价格的旅馆都远离景点。还有就是停车费，一天40多美元很正常，到迈阿密当晚我们吃饭回来找停车位就找了半个小时。公共停车场需要下载APP在上面交费，不能微信支付，和中国比起来要麻烦许多。我们在网上搜到一个据说是全迈阿密最便宜的停车场，我们也开车去过，不过距离酒店太远，总不能把车放在那里打车回酒店，第二天一早再打车去吧？它的地址是：Miami Beach Parking Garage (210 7th St, Miami Beach, FL 33139)，如果您的酒店就订在7街附近还可以。我们确实在这里停车了，不过那是因为我们挑选的餐厅在附近，吃完饭去海边看星星，回酒店时还得开出来。

  南海滩的沙子据说在美国排名第二，海滩平缓、棕榈摇曳、碧海白沙的热带风情让无数影星、富翁在此置业。最有名的就是著名意大利时装设计师范思哲1997年遇刺的传奇故居卡萨凯瑟瑞纳，富豪明星的住宅大多集中在明星岛和渔夫岛。NBA明星勒布朗·詹姆斯和德怀恩·韦德、好莱坞影星伊丽莎白·泰勒、美国著名脱口秀主持人奥普拉、流行乐天后葛洛丽亚·伊斯特芬、拉丁情歌天王胡里奥、功夫巨星成龙等在此都有豪宅。

　　这里的街道由南向北按数字排列，去海滩游玩得按照街道的排列自己去寻找相应的海滩。南海滩按照街道划出几个专属空间，21街到53街这段是全家欢地段，男女老幼都可以在这里安心玩耍。再往上就是天体海滩，在那里注意不要拿着相机随意拍照，以免引起不必要的纠纷。我在天体海滩就很自觉地拎着相机，让相机一直处在膝盖的位置，毕竟我穿着衣服肆意拍摄裸体的游客显得很不合时宜。其实，天体浴场上中老年男性居多，一个个大腹便便，绝不养眼。

　　迈阿密南海滩的夜生活吸引着无数人前来聚会或举办各种派对，南海滩当之无愧地被誉为迈阿密的"派对海滩"。夜晚的海滩难得清净，可以拿着冰镇啤酒坐在细软的沙滩上，闻着街边古巴美食传来的香味，听着大西洋海浪的声音，享受着清凉的海风仰望天空，做一个小时候最爱玩的游戏——数星星。也可以拨通家人的电话，让他们在12月底寒冷的北京感受一下来自热带海岛的问候。迈阿密，这个被誉为"美洲的首都"的海岛，在这里可以肆意挥霍体内的躁动，可以彻底释放积攒已久的压力，可以完全腾空满负荷的大脑，还可以安然享受那份难得的来自大西洋边、璀璨星空以及棕榈树下的愉悦。

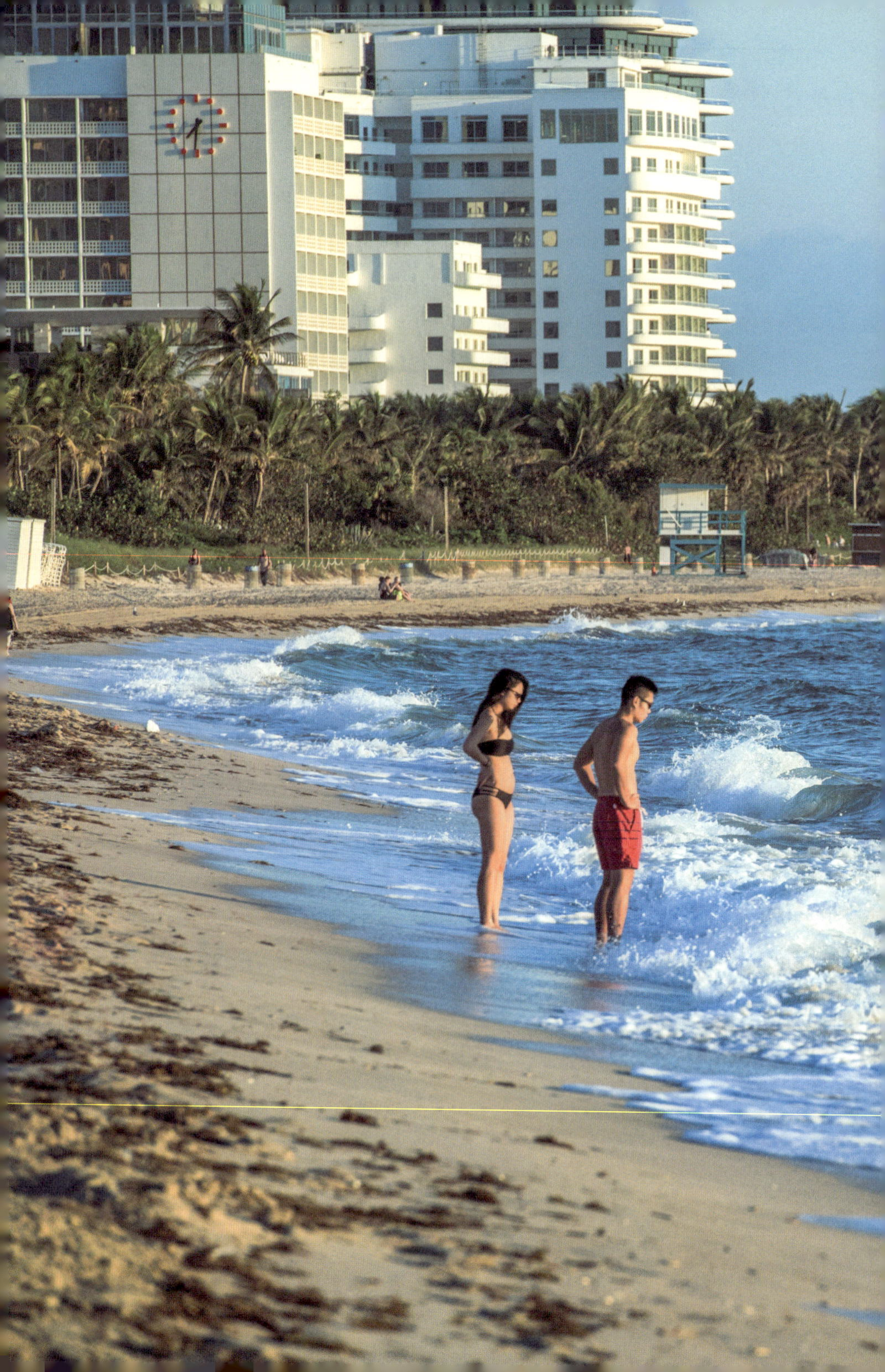

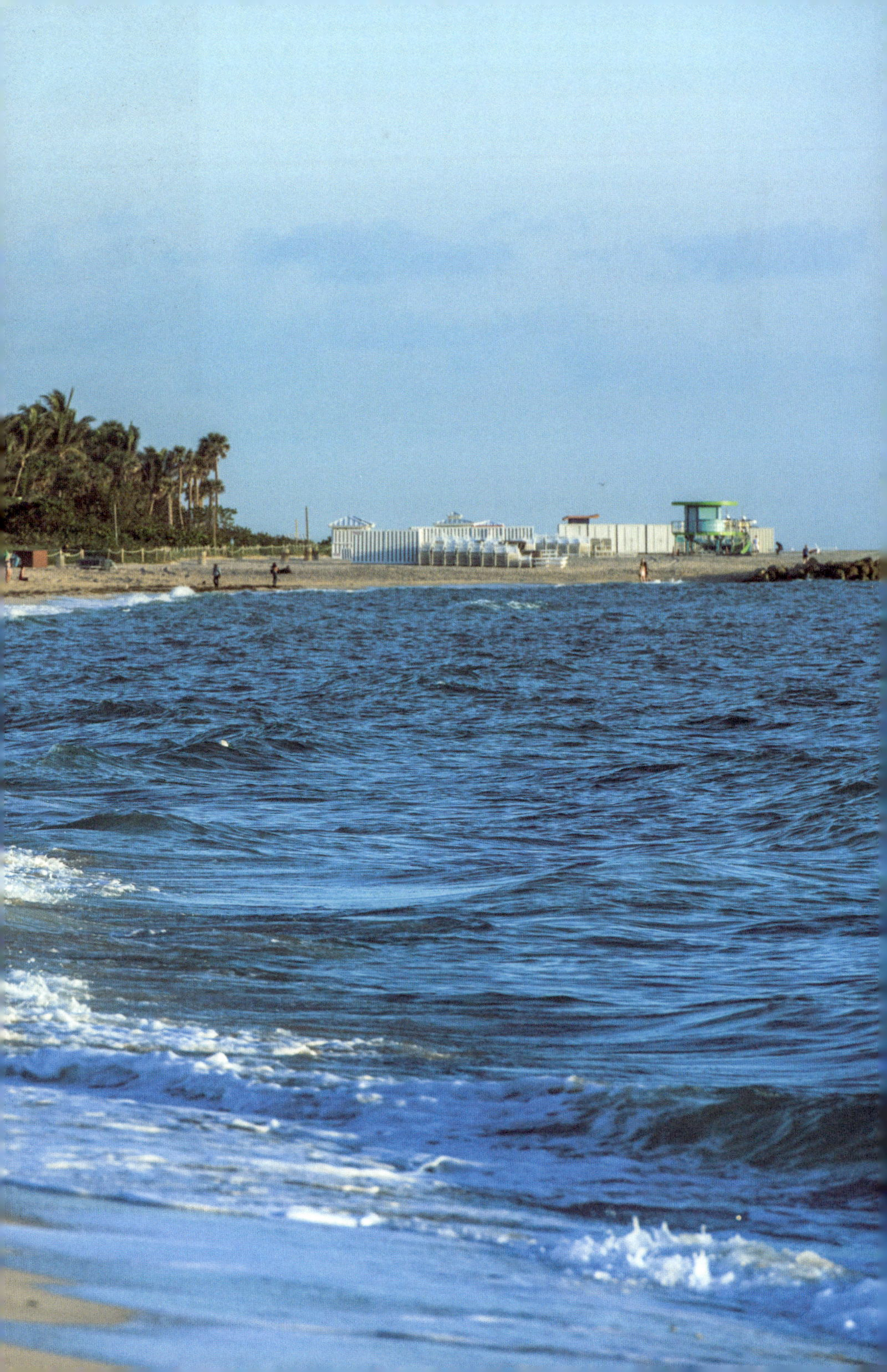

在世界最美公路
欣赏热带海岛美景

众所周知,美国总统每年都是有假期的。据说当年卡特里娜飓风袭击新奥尔良造成大灾难的时候,小布什总统正在休假,接获报告后依然不愿回到工作岗位,最后在大众的指责声中迫于无奈才回去指挥救灾。而且每个总统选择的休假地的政府要负责总统休假期间的开销,以至于由于奥巴马过于喜欢夏威夷,总是把休假地定在这里,当地政府实在承受不起如此大的开销,请求他能不能换个地方休假。每位总统都有自己喜欢的度假地,里根是圣芭芭拉,艾森豪威尔和小布什喜欢用艾森豪威尔孙子命名的戴维营,老布什喜欢自家的祖业沃克角庄园,而杜鲁门总统最喜欢的度假胜地小白宫,就位于这里要说的度假天堂——基韦斯特。

基韦斯特是美国最南端的一个小小的岛屿,美国大陆与这个岛屿相连接的是一条跨过30多个岛屿,建有40多个跨海大桥的公路。这条公路最厉害的是它的名字——一号公路,它在1926年美国高速公路系统正式成立时就诞生了,从美国东北角的新英格兰地区一直到基韦斯特岛上,全长达3800公里。不过老的一号公路已经不能适应时代发展,所以现在的一号公路只留下最经典的佛罗里达半岛这800多公里的路段。

▲ 世界落日之都基韦斯特

　　只要说到一号公路，绝大部分人的第一反应是从洛杉矶到旧金山的那条号称世界最美公路的一号公路，其实那是加州一号公路。真正的美国一号公路是这条起点在基韦斯特零公里牌子下面的这条连接迈阿密与基韦斯特的跨海公路，它才应该是美国最美公路。想象一下，辽阔的大西洋和湛蓝的墨西哥湾被一条跨海公路劈为两半，40多座跨海大桥连接起中间美丽的岛屿，像珍珠项链一般安然躺在大海之上。基韦斯特岛上有个零公里的标志牌，对于很多自驾游的朋友来说，和这个标志牌合张影极具特殊意义，好像是从美国的零公里处开始自驾之旅的。

▲ 基韦斯特岛上的白鹭

  一号公路两旁有许多停车场，人们可以在那里安心垂钓，但没人会把注意力放在吃鱼上面，因为这里的鱼都是五彩斑斓、异常夺目，属于颜值极高的观赏鱼。车在蜿蜒的跨海大桥公路上前行，跨过一座座桥梁，穿过一个个岛屿，257公里的海天一线的热带海岛景色，伴随着您3个多小时的路途没有一刻停息，绝不会让人感到路途的遥远与驾驶的疲劳。极为贴心的是，这段路从头至尾都是单行道，可以安心地享受美景，可以随意地呼吸海风，可以惬意地感受阳光。

  在这条串联群岛、风景绝佳的跨海大桥中，有一座最长、也是最有名的大桥——七里桥。20世纪初，美国的实业巨子亨利·弗拉格勒制订了一个宏伟计划，决定把铁路一直修到基韦斯特。经过7年的努力，弗拉格勒的梦想实现了，他还乘坐专列抵达这座位于大洋中的小岛，风风光光地为自己举办了80大寿的庆典。自此，基韦斯特就不是一座孤立于美国本土的、人迹罕至的荒岛。这座墨西哥湾中的美丽岛屿开始展露自己独有的容颜，吸引了全世界的游客。但好景不长，经历了1935年和1960年的两次飓风袭击，这座铁路桥实在不堪重负，继而代替它的是在1972年至1982年间建设的新桥。

这座跨海大桥以其恢宏壮观的雄姿屹立于海上，在这座桥的任何一端都能看到大桥在海上的雄姿。为此众多导演把这里作为外景地，比较著名的有阿诺德·施瓦辛格主演的《真实的谎言》、007系列的《杀人执照》《玩命关头2·飙风再起》以及《舍不得你》等。这座好莱坞明星桥全长6.79英里（约10.9公里），所以叫七里桥，其长度在美国仅次于新奥尔良的庞恰特雷恩湖桥和跨大西洋直通弗吉尼亚州的切萨皮克湾跨海大桥而排名第3位。美国的三大桥我一个不差全都开车走过了，前两天刚走完新奥尔良的庞恰特雷恩湖桥，切萨皮克湾跨海大桥是在2012年美国历史上死亡人数最多的桑迪飓风肆虐下，顶着狂风暴雨走完全程的，那个经历着实终生难忘，具体细节在我写的《美不美国》第二部里有详细记载。

毋庸置疑，美国一号公路上的这个跨海大桥高速路是绝对不会让您失望的。早上从迈阿密出发，一路边走边欣赏美景，哪怕一天都耗在路上也绝不会后悔。中午在途中的小岛上安静地吃一顿古巴或海地的美食，把车开到树荫下打开车篷，在海风的吹拂下听着音响里传来的加勒比音乐，安然地睡一个墨西哥湾美觉，彻底让自己融入"偷得浮生半日闲"的意境里。

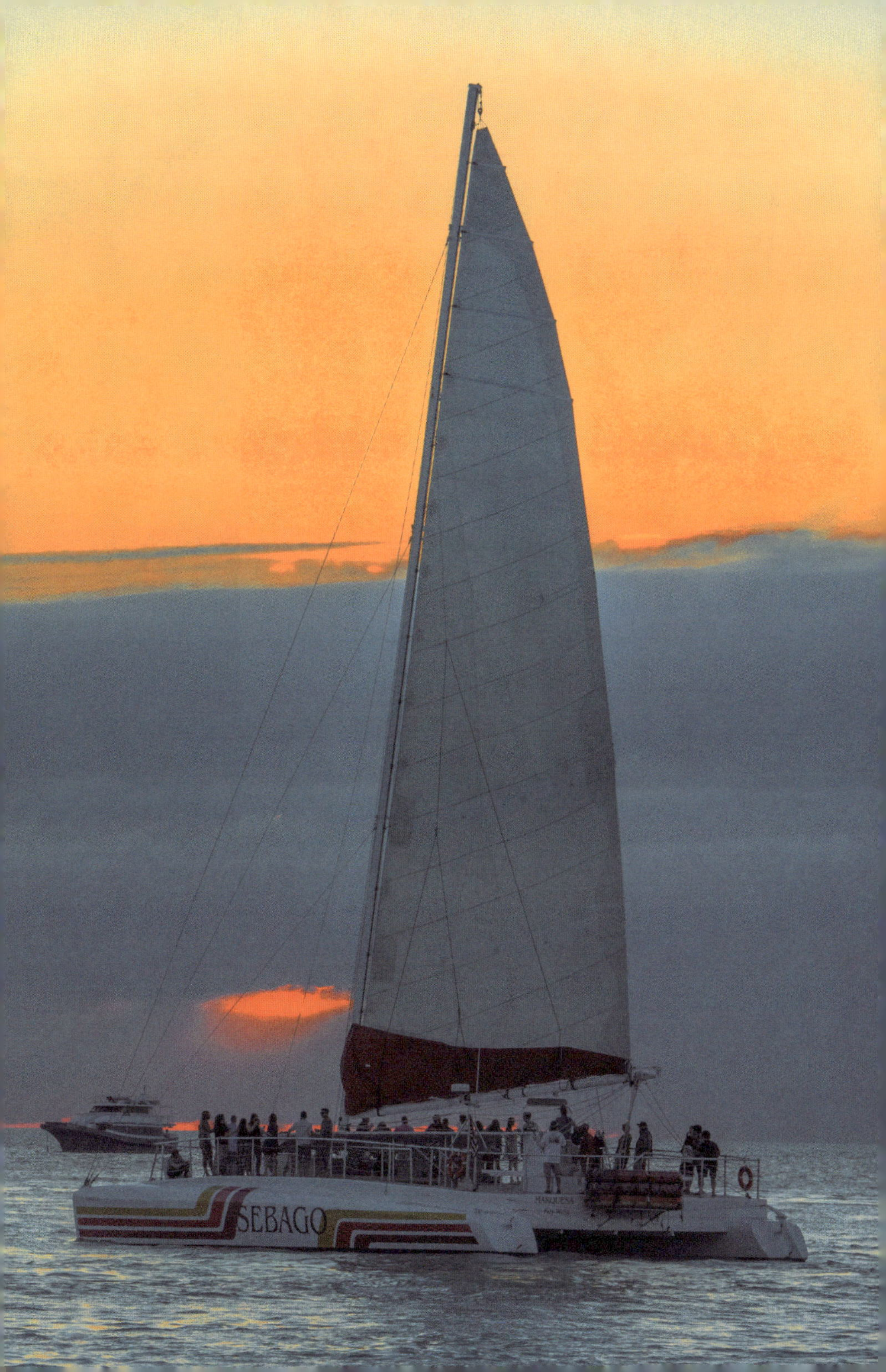
SEBAGO

沉醉于世界落日之都

这次横穿美国大陆自驾之旅的中点是佛罗里达州的基韦斯特，这里是美国的最南点，距离古巴仅仅144公里。抵达这里就意味着余下的路程都是归程，我们已经开到了美国的"天涯海角"。基韦斯特位于佛罗里达门罗县（Monroe），这个名字熟悉吧？还记得门罗总统发表于1823年国情咨文里著名的门罗主义吗？用一句话表述就是，美洲是美洲人的美洲。门罗主义正式向欧洲发出了美洲人的声音：不要干涉我们美洲事物，美洲不再是你们欧洲的傀儡。有人说为了纪念门罗总统，美国有12个州都设立了门罗县，对此我持极大的怀疑态度。纪念一个人怎么也得等他去世以后按照他一生的功绩为标准吧？就像一个作家得等去世以后才可能出全集，生前顶多也就出个文集。不过也有个例外，张爱玲还在世时就准备给自己出《张爱玲全集》。

可美国12个州里只有威斯康星州和艾奥瓦州的门罗县是在门罗总统去世后建的，难道美国人热衷拍总统马屁？即使这样也有3个州的门罗县是在他当总统前就已经成立了啊，实在是搞不清楚它们之间的联系。我只知道佛罗里达州门罗县的县治是我今天的目的地——基韦斯特。如果让我翻译县名，我会译作"梦

▲ 基韦斯特的清晨

露"。没错,就是性感女神梦露。看来Monroe这个英文姓氏有两种译法,用在男人身上就是强悍的门罗,用在女人身上则是风情万种的梦露。在我这个游客看来,风情万种的基韦斯特就应该位于美国佛罗里达州"梦露县"!

喜欢摄影的人出去旅游,最关注的时间段一定是日出和日落。清晨的朝霞和黄昏时的晚霞洒遍大地的景色绝对让人痴迷。清晨朝霞的色温有点像少女,极为清纯。黄昏的晚霞呢?有点像少妇,特别浓郁。在这两个时间段,不管拍摄人还是拍摄景色,都会有完全不同的效果。尤其喜欢拍女孩身后射过来的阳光,把每一根发丝都染得金黄的那种效果，配上甜蜜、怀念、空灵、神秘等不同表情，就是一张张完美的摄影作品。

我来到被誉为"世界落日之都"的基韦斯特岛上，已经办好酒店的入住手续，去往马洛里广场看日落的班车就在大厅门口，世界最为著名的落日余晖、最为耀眼的晚霞即将出现在我的眼前。

这里的班车路过岛上很多的酒店，所有想看夕阳的游客都可以免费搭乘这趟"晚霞班车"。这个依靠旅游业的小岛和其他旅游城市一样都是个夜生活极为丰富的地方。看完夕阳西下，可以在岛上闲逛，在寒冬腊月，穿着大背心、大裤衩、人字拖，和心爱的人在夜色中灯红酒绿的街道闲逛，在香气四溢的海鲜餐厅大快朵颐，在琳琅满目的艺术品店欣赏作品，或者索性到酒吧里抽上一根古巴雪茄。夜色中的基韦斯特别有风味，不像迈阿密那样醉生梦死、活色生香。它更像一个小家碧玉，不张扬、不浮躁、不嚣张。街道两旁夜风中摇曳的棕榈，白色木质小楼走廊上的灯泡，加勒比海建筑的异样风情，都适于安静地慢慢边走边欣赏。

下了班车，穿过一个售卖纪念品的市场就来到了马洛里广场，这是在世界落日之都欣赏落日的首选之地。广场边一排两层的餐厅早已提前做好准备，把所有的餐桌餐椅都摆在室外，好让游客有个最佳观赏日落的位置。很明显，如此贴心的服务相对应的是和它匹配的价格，像我这样的"穷鬼"还是自食其力去最前排挤出一块自己拍照的地方比较务实一些。说干就干，我举着相机直接冲向广场边的护栏。其实这时的广场上异常热闹，各类艺术家都在马洛里广场上展示自己的才华，各种表演的精彩程度一点也不次于基韦斯特的落日，每天来这里的游客最起码有一半都是冲着节目来的。不过拍照是今天的重中之重，所以必须抢到一个有利位置。我用"八爪鱼"架好手机，打开延时摄影后，开始用广角和长焦镜头找到自己的拍摄角度。实在是腾不出时间再去关注那些精彩的表演了。

不远处的豪华游轮开始收锚出发，向着海中央驶去，他们要看的是不一样的落日，飘在墨西哥湾上看海平面的落日。相比游轮，我更羡慕那些自己驾着帆船漂在海中的游客。在苍茫的大海之上，随意地摇摆着风帆，寻找着不同的前景以衬托远方的落日，有种肆无忌惮的畅爽。我身边来自世界各地的情侣可真是不少，基韦斯特已经是美国最著名的见证爱情的浪漫之地，在夕阳的金色霞光中，情侣们面对面双手紧握，随着夕阳距离海平面越来越近，握住的双手越来越紧，甜蜜的誓言在大自然生成的画卷中脱口而出，金色的晚霞把两人的脸庞衬托得异常精致，每根头发都映着霞光闪闪发亮，不得不说，就连我这样不懂风情的人都会被感动得一塌糊涂。

看完落日以后先别着急走，来这里必须要做的一件事就是品尝基韦斯特最为著名的甜点——礁岛青柠派（Key Lime Pie）。从外形看，lime是薄的青色外皮的柠檬，而lemon则是厚的黄色外皮的柠檬。从味觉上讲，青柠能更加刺激人的味蕾。这种青柠派在岛上不少餐馆都有出售，但距离马洛里广场不远的街道边的那家更加正宗一些。青柠派是用岛上青柠为原料，辅以甜炼乳、鸡蛋，并在全麦面包外壳上撒点糖，光这个卖相就足以挑起每个人的食欲。咬上一口，青柠的味道顺着牙齿、舌尖、舌面一直到舌根儿，给人一种电流般新鲜至极的酸爽体验。每一颗味蕾争先恐后地感受美味，果香的厚重被直接顶入鼻腔，炼乳的香甜被压进食管，新鲜的馅料不自觉地被舌头搅拌，上下牙以不停歇的张合来迎接如此诱人美食的突袭。别光顾着吃，在品尝如此新鲜美味的时候，陪伴你的可是主角——世界落日之都基韦斯特落日和绚丽晚霞。

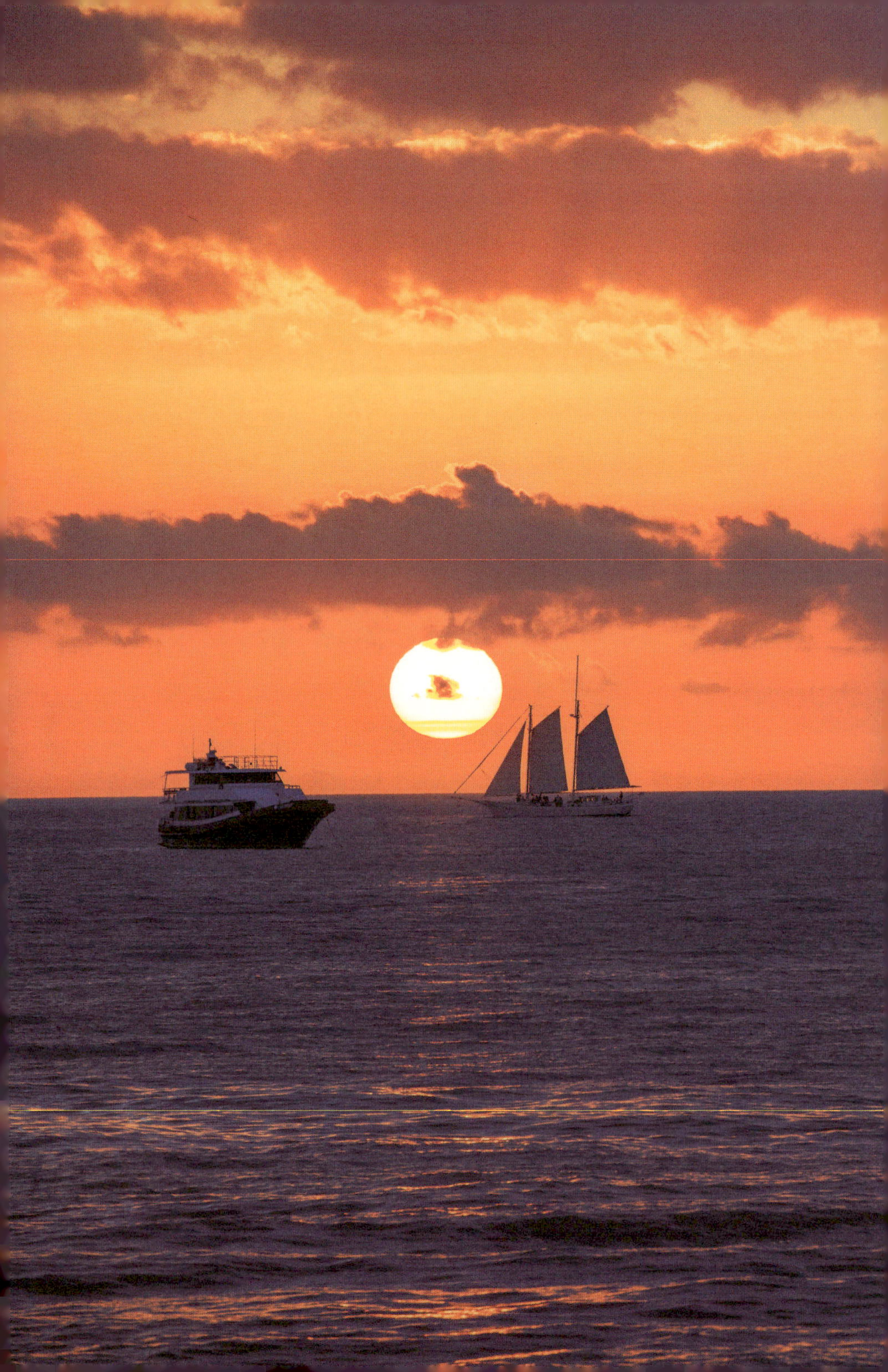

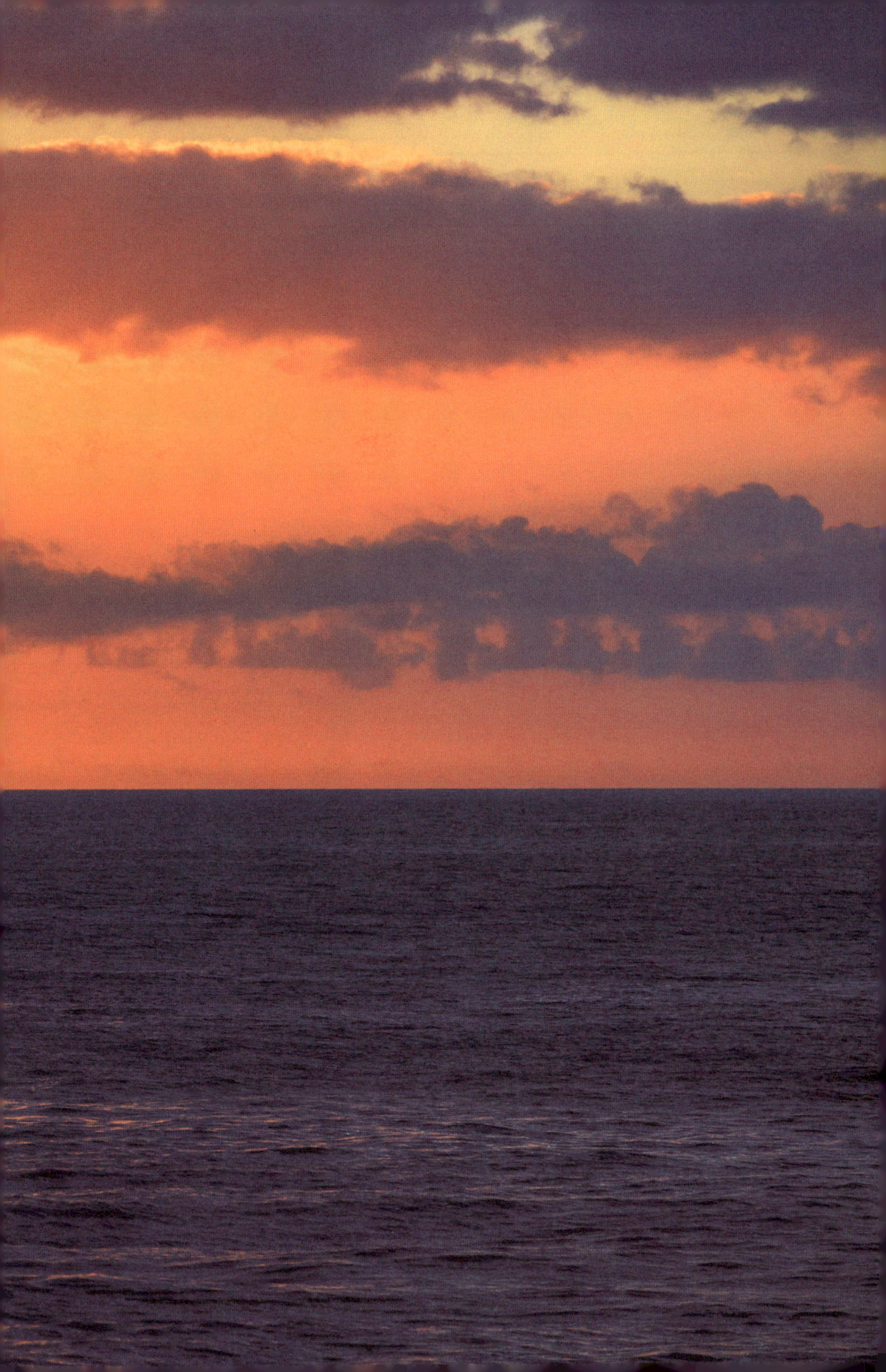

自驾 横穿美国大陆

追忆海明威

记得有次和出版社的一个朋友聊天,聊到了海明威。我开玩笑地说,如果让我写一本和名人有点关系的书,我一定写海明威,书名就叫《跟随海明威的脚步直到1960》。朋友很不解地问:"为什么只跟随到1960呢?"我说:"没办法,1961年人家就自杀了,我总不能也跟着他自杀去吧?"海明威出生在美国,第一次世界大战时去了欧洲,回来后在加拿大短暂居住,去了非洲,又去了西班牙内战的前线,第二次世界大战时在欧洲,后来去到基韦斯特还有古巴,在那里写出了获得普利策奖和诺贝尔奖的《老人与海》,最后于1961年7月2日在爱达荷州的家中扣动猎枪扳机自杀身亡。他这一生去的地方我差不多也都走了一遍,真可以循着他的足迹把这些地方写一遍。

基韦斯特的海明威故居在美国很有名,距离美国最南点的"大酒桶"很近。这位大文豪一辈子娶过4个妻子:哈德莉、帕琳、玛莎和玛丽,离过3次婚。至于这里的故居,是海明威和第二任妻子帕琳的家。1929年海明威和帕琳来到

▲ 终年绿意盎然的基韦斯特

　　岛上居住，两年后，帕琳的叔叔买下这房产送给他们。海明威在这里生活了7年的时间，在此完成了《胜者一无所获》《丧钟为谁而鸣》等长篇小说，还写了很多著名的短篇故事，像《乞力马扎罗的雪》《弗朗西斯·麦康伯短促的幸福生活》。

　　在西班牙内战期间，海明威奔赴欧洲战场，帕琳于1937年到1938年的那个冬天，在院子里建造了一个游泳池。等海明威从西班牙回到基韦斯特看到这个游泳池的总费用时惊得目瞪口呆：两万美金！他从口袋里掏出一个便士递给帕琳，哈哈大笑着说："你索性把我最后一个便士也拿去算了！"现在院子里一根绿色柱子前面的玻璃下面就压着当年他扔的那"最后一个便士"。今天两万美元不算什么，当年美元可是与黄金直接挂钩的硬通货。十几年后的1950年，一美元能换1.125克黄金，两万美元也就是45斤黄金，合今天差不多100万美元。别忘了，这套宅子加院子总共才值8700美元。海明威对帕琳彻底无语了，转身离开了小院，随后两人便正式办理离婚手续。

从1939年起，海明威开始久居古巴。1940年10月，《丧钟为谁而鸣》正式出版，他用这本书的部分稿费18.5万美元买下了总占地8万平方米的古巴瞭望山庄当作长期居住地。基韦斯特这套故居就只剩下帕琳独自居住，直到1951年去世。1960年，海明威曾携第4任妻子玛丽来此小住。由于当时房子已经租了出去，海明威与玛丽就暂住于由帕琳生前将马车库改装的居室内。第二年海明威与世长辞，他和这套宅子的故事就此终结。海明威去世后，这套宅子出售给海明威的崇拜者、女商人迪克森太太。她在这里住了3年后，搬离主屋，正式开办了海明威故居博物馆。

海明威很喜欢喝酒，甚至喝到回家都困难的程度。这套故居不远处有一个白塔，海明威每次喝完酒都努力地寻找它，找到它也就意味到家了。海明威在岛上最常去的是一家叫"邋遢乔"的酒吧，直到今天这家酒吧每到夜晚都人满为患。在这家酒吧里，海明威认识了马萨诸塞州一艘救捞船船长，他送给海明威一只六趾猫。今天到海明威故居参观，里面有五六十只六趾猫，都是海明威那只猫的后代。普通猫前爪有5个脚趾，后爪有4个脚趾，而海明威的猫前爪有6个脚趾。多趾猫遍布整个基韦斯特岛，这也多亏了海明威对多趾猫的情有独钟。

海明威喜欢猫是出了名的，他在古巴生活期间最多同时养过34只猫。猫甚至成为海明威后半生亲密度超过妻子的"伴侣"，海明威从"邋遢乔"酒吧还拿过一个小便池，接上他从古巴带回来的一只大水罐，做成了给猫饮水的流水池，今

▲ 有着加勒比风情的基韦斯特

▼ 基韦斯特热闹的街道

▲ 海明威故居里的六趾猫

天依然在故居的院子里。海明威开枪自杀前，还向伴随他半生的心爱小猫做了告别："晚安，我的小猫。"今天故居里到处都是猫，就连海明威的床上都安然躺着睡懒觉的六趾猫，可惜游客可以摸但不可以抱，不然我真想把它抱下床。这里的猫都是以名人的名字命名的，有法兰克·辛纳屈（美国歌手及演员）、杜鲁门·卡波特（美国作家），甚至还有伊凡雷帝（俄国第一位沙皇）。

院门入口左侧的花园里，有一拱洁白的花架门，立在墨绿色的祭坛上。据说这里是当地最受欢迎的结婚地点，有的新婚夫妇甚至不远万里，从世界各地赶来这里完成最为神圣的结婚仪式。

海明威最后的悲惨结局和他家族的精神病史有很大关系，这种遗传的疾病让他备受折磨，望着眼前庭院内的这座西班牙风格的二层小楼，奶酪色墙壁，草绿色窗棂，墨蓝色屋顶，想象主人在这里那7年时间里的音容笑貌，不仅让人想起

▲ 院子里无所事事的小猫

"天妒英才"这四个字。既然说到海明威，那就继续"八卦"一下，海明威的孙女马格斯和玛丽尔都是20世纪80年代美国的名模兼影星。玛丽尔还得过奥斯卡最佳女配角提名。而玛丽尔的女儿德莉·海明威现在也是当红模特儿，纽约的时尚达人。马格斯曾到过基韦斯特海明威的故居参观，并留下两张靓照。可惜红颜薄命，她在海明威去世35年后的1996年自杀离世。

探寻"胜利之吻"

基韦斯特的马洛里广场边有一个大型的人物雕塑,其主题在全世界无人不知,而且在美国本土也是"唯二"的,它就是大名鼎鼎的"胜利之吻",另一尊雕像在加州圣迭戈。这个雕塑来自于艾森斯塔特于1945年8月14日(也就是东京时间8月15日,日本宣布投降的日子)在纽约时代广场上所拍摄的照片,我认

▼ 基韦斯特胜利之吻雕像

为那是世界最经典的摄影作品之一。说实在的，不管是基韦斯特还是圣迭戈的雕像，跟原照片相比真不在一个水平线上。当时，在纽约时代广场上，人们沉浸在第二次世界大战胜利的喜悦之中。一个年轻的水兵兴奋地拉过一位女护士拥吻，这个镜头被《生活》杂志记者艾森斯塔特抓拍下来，作为庆祝第二次世界大战胜利的经典影像流传至今。这幅作品最吸引我的是女主角的身形，柔软的腰部后弯形成上半身后倾的角度，以及胯部扭动出来的倾角带出视线下滑至下半身的线条，左腿的支撑角度和右腿自然弯曲的角度，让头、肩、上身、胯、腿形成弯弓的线条，使整个画面感染力倍增。

　　一张完全看不到男女主角脸部的照片，一张用形体表达战后激动人群的照片，一张用两人黑白衣服搭配出来的黑白照片，的确是一张难得的经典摄影作品。其实当时美国海军摄影记者乔根森从不同角度也拍摄到了同一画面，但他拍的照片不是全身，没有时代广场的背景衬托，也没有周围面带笑容的民众的气氛烘托，所以没能像"胜利之吻"一样深入人心。这幅世界知名摄影作品发表后，照片中的男女主角成为民众的关注点。不过这两位主角好像人间蒸发一般消失在了历史长河之中。直到34年后的1979年，照片中的女主角才浮出水面，不过她的身份已经不是护士，居住地也早已不在纽约。《生活》杂志刊登出来以后，照片中的女主角伊迪丝一眼就认出了照片上的那名女子就是自己，当时她只有27岁，因过于害羞，所以对这个秘密一直秘而不宣。后来她搬到洛杉矶居住，并且改行做了幼儿园教师。

　　但照片中男主角却一直没有找到，虽然也有二十几个男人声称自己就是照片里的那个水兵，但都没有通过女主角的考核，题目很简单："当年你吻过我以后对我说了什么？"直到2007年8月4日，"胜利之吻"的男主角才被验明正身，他的回答让伊迪丝微笑着点了头，答案出乎人们的意料，男主角回答说："当时我什么都没说。"这位名叫格伦·麦克达菲的男人得到了著名法医鉴定专家吉布森的确认，她对麦克达菲进行了细致周密的调查。她让麦克达菲穿上海军服重演当年的情景，并拍摄照片。吉布森仔细测量和研究麦克达菲身体的各部分，包括耳朵、面部骨骼、发际线、手腕、指关节和手部等，并与当年原始照片的放大版进行对比，最终证实格伦·麦克达菲就是照片中的水兵。

70多年以来给世人留下感动的男女主角现在还能不能重聚，再上演一次新世纪的"胜利之吻"呢？很可惜，男女主角分别在2014年和2010年在得克萨斯州和洛杉矶去世，一段传奇历史也就此画上句号。

其实，"胜利之吻"的主角身份一直有争议，有一位叫格蕾塔·弗里德曼的女人出现在人们的视野之中。她的家人有充分证据证明格蕾塔才是照片中的白衣护士。还说照片中的男主角是乔治·门多萨，是美国驱逐舰上的舵手，而且两人还曾于20世纪80年代重聚过。1980年，《生活》杂志确认了那对水兵与护士分别是门多萨和弗里德曼。新闻媒体开始推波助澜，两人的照片出现在杂志里，所有一切都详细记录在书籍《接吻的水兵》里。后来，弗里德曼和门多萨分别于2016年和2019年去世。

当照片中男女主角的真实身份之争还在甚嚣尘上之际，新闻媒体还嫌不够热闹，又爆出惊人消息，说风靡世界几十年的"胜利之吻"，是一场彻头彻尾的摆拍，而且拍摄时间根本不是1945年8月14日，而是1945年5月德国投降时拍摄的。这幅照片拍成后因种种原因未能及时发表，而在3个月后才公布于世，以至于造成服装与季节的错位。转眼间73年过去了，不管怎样，最起码这幅照片绝对是人类历史上最值得珍藏的作品之一，就冲这一点，是是非非也应该烟消云散了。

这张传世佳作的影响直到今天都没有消退，每年8月14日都有数百对男女在纽约时代广场重现"胜利之吻"，以纪念第二次世界大战结束。可惜我每次去纽约的时候都是深秋，没能去时代广场亲身体会"胜利之吻"的欢乐场面。

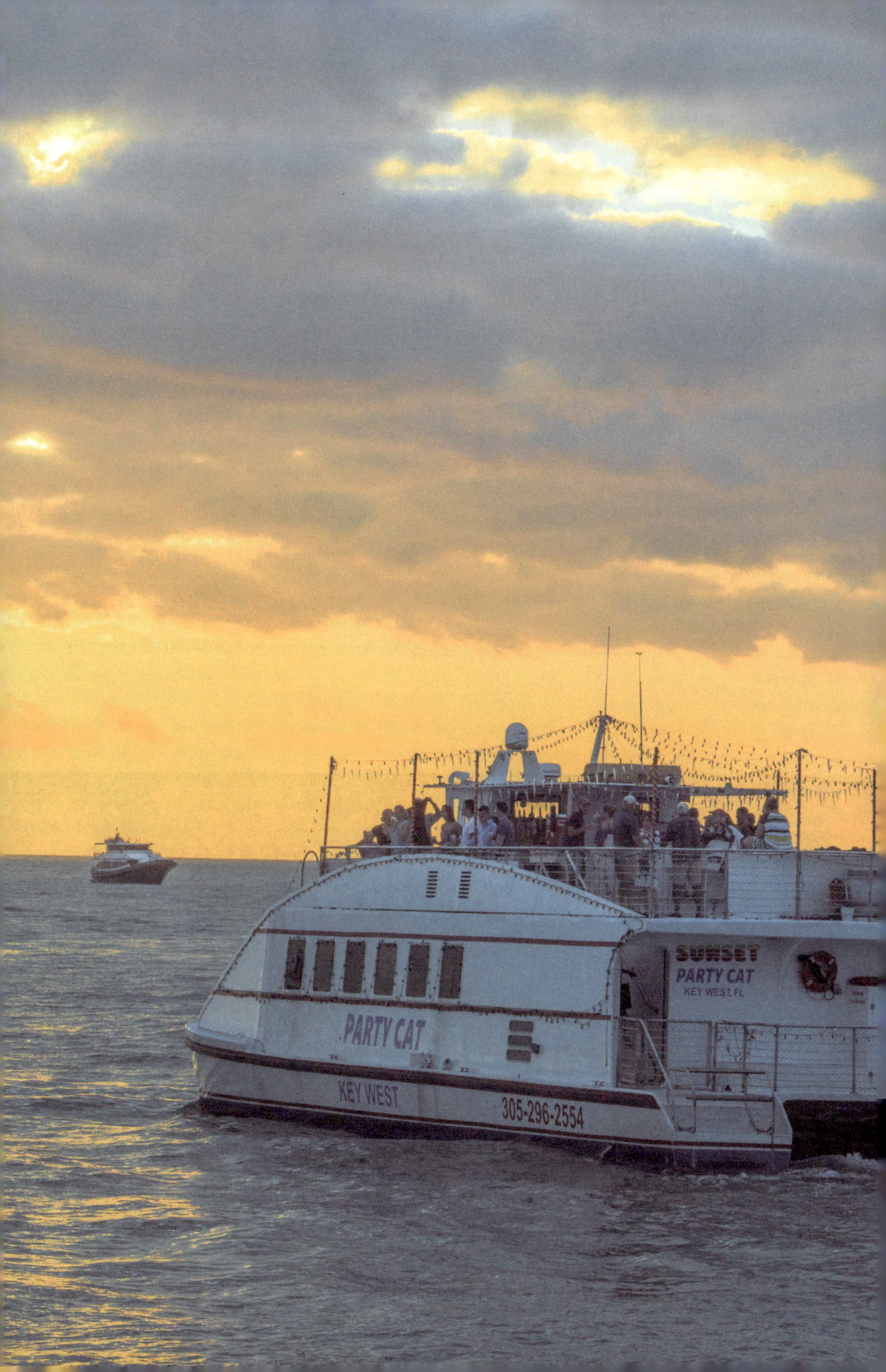
SUNSET
PARTY CAT
KEY WEST, FL
PARTY CAT
KEY WEST
305-296-2554

美不胜收的基韦斯特

基韦斯特最让我喜欢的是它的海水，墨西哥湾清澈的海水。以我1.77米的身高，海水到腰部的时候，我居然还能清晰地看到自己的脚趾。这里的海水的确是我见到过最清澈的，而且还没有浪，让你能在一个极为安静的空间享受假期。对，还有海面上的鹈鹕，安静地在你身边，长长的喙部耷拉着它独有的大袋囊，嘴巴一张一张的，真想捞起一条鱼扔进它嘴里去。我还喜欢基韦斯特的沙滩，极

▼ 小白宫入口处

▲ 小白宫里草坪上的白椅

为细腻,像面粉铺在海滩之上,旁边的棕榈树在微风下摇曳,在这儿的海里游泳绝对是一种享受。

早上游完泳,吃完早餐,我便启程前往小白宫游览。小白宫是杜鲁门总统最喜欢的度假胜地。这位美国前总统很有名气,众所周知的第二次世界大战时美国使用原子弹轰炸日本、战后帮助重建欧洲的马歇尔计划都出自他手。他一共来过小白宫11次,居住了175天。据说,在朝鲜战争时期,杜鲁门就是在这里起草了那封将麦克阿瑟撤职的信。小白宫建于1890年,当时被用作海军官员的宿舍。到1946年,杜鲁门总统开始在这里办公和休息,为之后历任总统纷纷效仿休暑假奠定了基础。大名鼎鼎的爱迪生曾在第一次世界大战期间居住在这里,还有美国总统艾森豪威尔、肯尼迪等也曾住在这里,看来这些名人都看好基韦斯特这个极具加勒比风情的海岛,我也非常喜欢这里。

▲ 基韦斯特路边

　　我喜欢基韦斯特岛上的建筑，都是白色的二层木质小楼，楼外都有木质的走廊，在那儿摆上一个圆桌，再摆上两把藤椅，桌上放一瓶加了一片柠檬的科罗娜啤酒，还可享用在岛上随处都能买到的古巴大雪茄。整个院子都被茂密的棕榈树覆盖，绿色的叶子把小院捂得严严实实，佛罗里达的阳光穿过棕榈叶形成几缕光柱斜射在淡蓝色的游泳池里，在寒冬腊月的季节，如果能在这种环境下度假简直是人生的一大享受。小白宫里也是绿意盎然，草坪中孤零零地放着一把白椅，令人联想到杜鲁门在这里度过的惬意时光，同时也想起了他悲惨的晚年际遇。杜鲁门认为卸任总统后接受任何的捐赠，都有损形象和尊严，结果晚年一直处于拮据的状态，鉴于杜鲁门的财政状况，美国国会在1958年通过了《卸任总统法案》，向卸任总统每年发放25000美元的退休金。

　　离开小白宫后，我们乘坐酒店班车到闹市区，目的就是要徒步从大西洋一直走到墨西哥湾。听着像一个很宏伟的计划，其实就是要走一条在全美国都很知名的街道。一条街道规划得如何，时间是最好的检验标准。杜瓦尔街这条位于市中心的商业街自北向南连接了墨西哥湾和大西洋，一共贯穿了14个街区，其中6个是基韦斯特最初的居民聚居区，因此早在1971年，它就被列入美国国家历史名胜名录。

　　大街上有许多著名的饭店、酒吧和艺术品店。饭店不用说了，品质足以令众多游客向往。第一天晚上就在杜瓦尔街吃的晚餐，他们点了自己喜欢的珍馐美味，大家还可以互通有无，差不多把餐厅所有好吃的海鲜都点了一遍。除了我，每个人几乎把所有的海鲜美味品尝了一遍。我还是保持着常年不吃晚饭的习惯，眼看着他们在杜瓦尔街角的露天餐厅里大快朵颐，依然手握一杯寡淡白水和他们有说有笑地交流着，他们说着每种海鲜不同的味道，我则苦口婆心地向他们讲述

▼ 基韦斯特小街

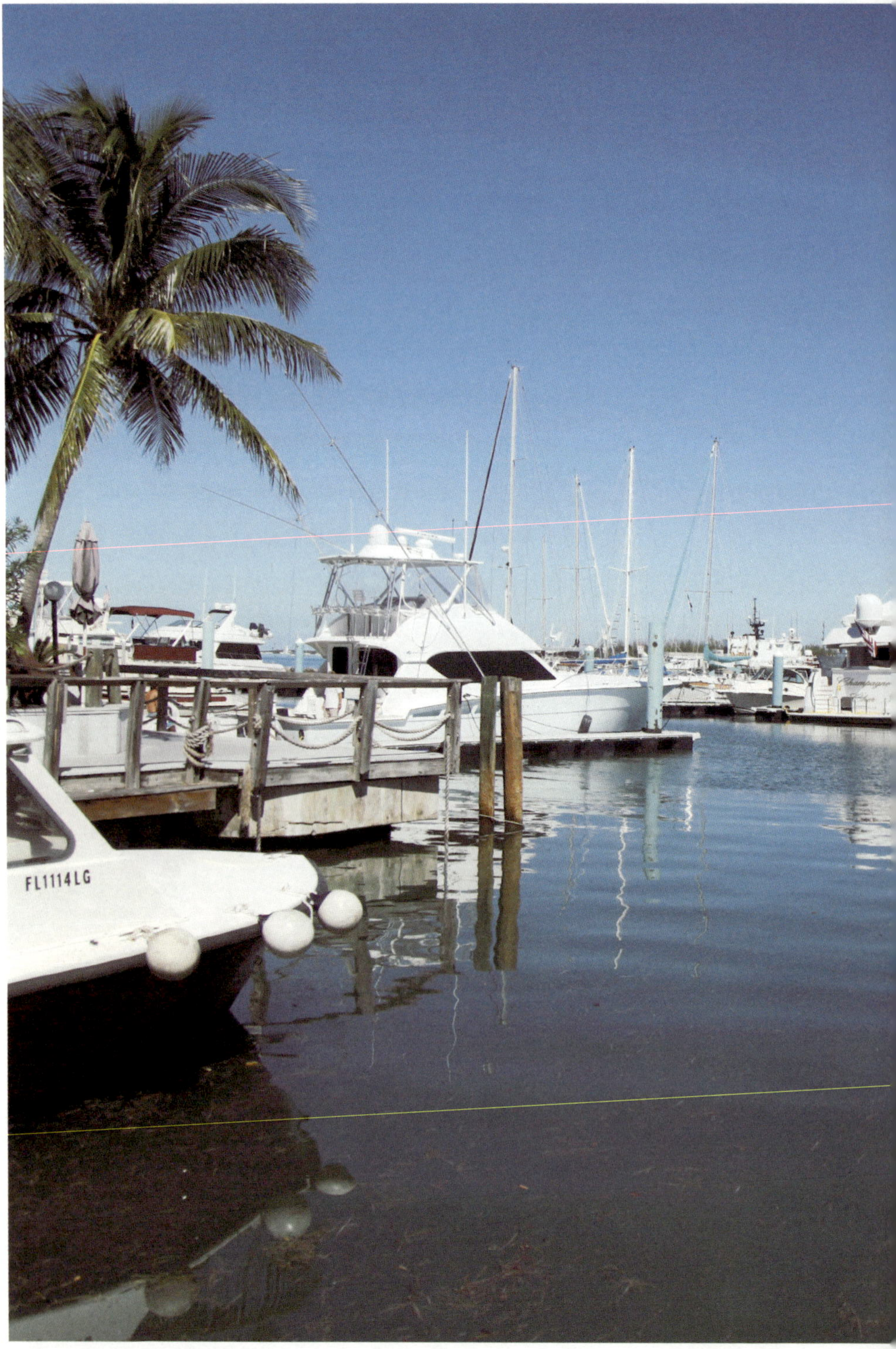
FL1114LG

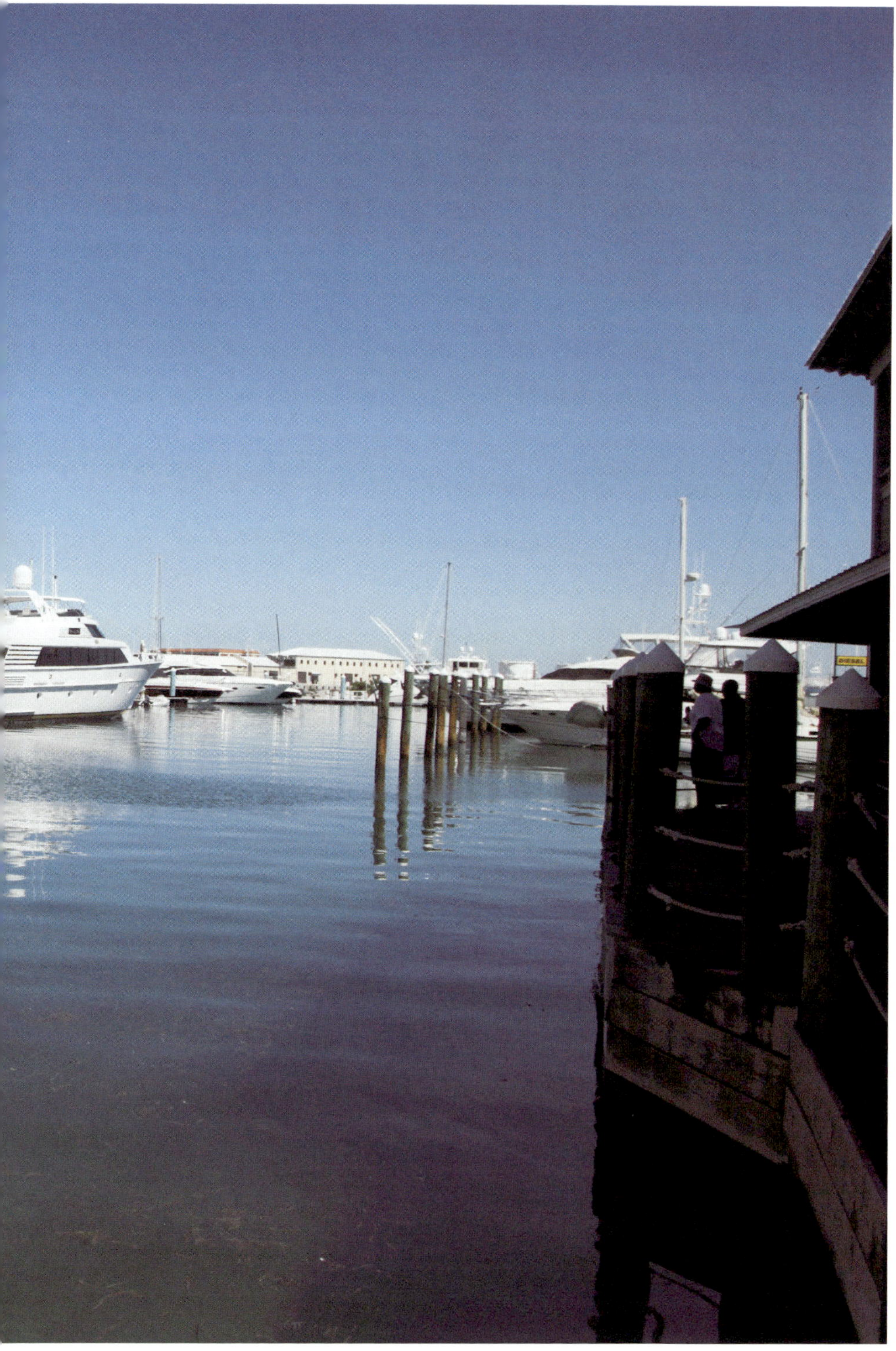
DIESEL

着战胜自己的口腹之欲是多么让人有成就感的一件事儿。

说到基韦斯特的美食，那可是无数种选择和别样的风味，餐厅一般主打当地海鲜，如小虾、佛罗里达龙虾、海螺浓汤、当地鱼类和石蟹螯，尤其是基韦斯特石头蟹，人们只吃它们的蟹螯。当地渔民捕捉石头蟹时只把它们其中一只蟹螯掰下来，然后把螃蟹丢回海里，之后螃蟹就会慢慢长出一只新的螯来，所以常会看到这里的石头蟹长着两只不同大小的蟹螯。顺便推荐一家比较有名的海鲜餐厅——Alonzo，但不知道你有没有那么好的运气能订到座位。坐在餐厅里嚼着海鲜喝着冰啤，看着外面街上熙熙攘攘的人群和璀璨的华灯，保证令你心旷神怡。

白天的基韦斯特风景迷人，但一到晚上，这个美丽的岛屿便完全换了另一副模样。人字拖、吊带衫、文身、啤酒、雪茄点燃了人们体内原本的热情，基韦斯特的夜就此开始。

杜瓦尔街的酒吧则更有特色，来基韦斯特绝不可错过岛上的酒吧。我感兴趣的是一间叫"邋遢乔"的酒吧，就是海明威常喝到烂醉的那个酒吧。

在基韦斯特，"邋遢乔"如果说自己是第二，只有一家敢说第一，那就是托尼船长酒吧（Captain Tony's Saloon）。今天海明威故居里所有六趾猫的祖先就是托尼船长的一只叫"雪球"的猫，托尼船长也经常带海明威出海钓鱼，他们之间有着深厚的友谊。

历史上最为要好的一对朋友，现在却"打得不可开交"。这两家酒吧相隔不远，而且都打着海明威的旗号，坚决声称自己的酒吧是当年海明威最喜欢、最常来饮酒的地方。其实这两家说得都没错，1933年到1937年期间，海明威资助自己的朋友拉塞尔在基韦斯特开了一家叫邋遢乔的酒吧，1937年的时候，酒吧从最初的地址搬到了相隔不远处，也就是邋遢乔酒吧现在的地址上。邋遢乔酒吧搬迁后，托尼船长酒吧的主人立马买下了邋遢乔酒吧最初的老地盘，并打出了极富吸引力的招牌"最早的邋遢乔酒吧，1933年到1937年"，堂而皇之地占用了"邋遢乔酒吧"的名号，而且里面的装饰品更具诱惑力，不但有整面墙的海明威珍贵照片,甚至还有托尼船长和海明威钓鱼的合影,以及海明威用过的鱼竿、雪橇等私人物品,仿佛更具历史厚重感。这下新老两家"邋遢乔酒吧"开始打起了官司,我想最终不管谁是这场官司的赢家,它们的知名度都将大大提高。至于我个人,肯定是要来那家真正的邋遢乔酒吧。在它那大招牌上字母R的右上方装有一个24小时工作的摄像头,人行道的凉棚下也有一个,通过互联网向世界直播此时此刻的街景。

从1981年开始,每年7月份(海明威生日是7月21日)邋遢乔酒吧都会举办海明威明星脸大赛,甚至连海明威的后人都会到现场颁奖助兴。海明威与西班牙有着特殊的缘分,他曾参加过西班牙内战,还看过西班牙著名的奔牛节,并将其盛况写入小说《太阳照常升起》。模仿者还会举行模拟奔牛赛跑,并把这些通过酒吧门口的摄像头向全世界进行直播。看来大家都和我一样,还是比较认可真正的邋遢乔酒吧。在2006年11月1日这家真正的"邋遢乔"被官方认证为历史古迹,我怀疑所谓的真假"邋遢乔"之争,是不是商家们联合起来给自己打的一个另类广告?

任性！
居然由于边防检查要闹"独立"

在1822年之前，没人知道这个以后被叫作基韦斯特的小岛。西班牙皇家海军将领胡安·巴勃罗·萨拉斯以区区2000美元的价格，将这块西班牙驻古巴总督封给他的领地卖给了美国商人约翰·西蒙顿。拥有宽阔航道的基韦斯特在战略上极为重要，是美洲的直布罗陀，2000美元的价格太便宜了！

1822年，海军将领马休·佩里派出军舰来到基韦斯特，插上了美国国旗，自此宣告了美国对基韦斯特的管辖权。20世纪初，海岛上通了来自迈阿密的铁路，到了20世纪20年代，旅游业开始在基韦斯特兴盛起来，尤其是汽车在美国普及后，给这个小岛带来了无数游客。那时的佛罗里达长途汽车公司甚至将基韦斯特称为佛罗里达的麦加，可见这个墨西哥湾小岛在游客心目中的位置。

目前岛上有固定居民2.5万人左右，但平均每天来此的游客竟有小两万人，可见这个小岛的"魔力"有多大。来这个岛必去的地方是"美国最南点"。1960年，世界处于"冷战"之中，时任总统肯尼迪在佛罗里达的一场演讲中，将海对面的古巴称为"90英里之外的一个威胁"。这句话所依赖的坐标点就是今天我要来的这个美国最南点的"大酒桶"标志。

▲ 即将没入海平面的太阳

  这个"大酒桶"是用水泥所砌，表面刷上五颜六色的油漆，自下而上写着："落日之都佛罗里达州基韦斯特、美国大陆最南点、距离古巴90英里（约144.8公里）、海螺共和国"。下面三个都好理解，最上面这个"海螺共和国"是怎么回事？原来，这个"海螺共和国"是真实存在过的，而且这个"国家"不但有"总理""国徽""国旗""护照"，甚至还有"国家格言"："别人都没独立成功，就我们成功了（We seceded where others failed）""在践行幽默中缓解世界的紧张态势（The mitigation of world tension through the exercise of humor）"。

  众所周知，基韦斯特是一个完全靠旅游支撑经济的岛屿。美国边防检查部门对来自加勒比海国家日趋严重的毒品走私和非法偷渡忍无可忍，加大了检查

101

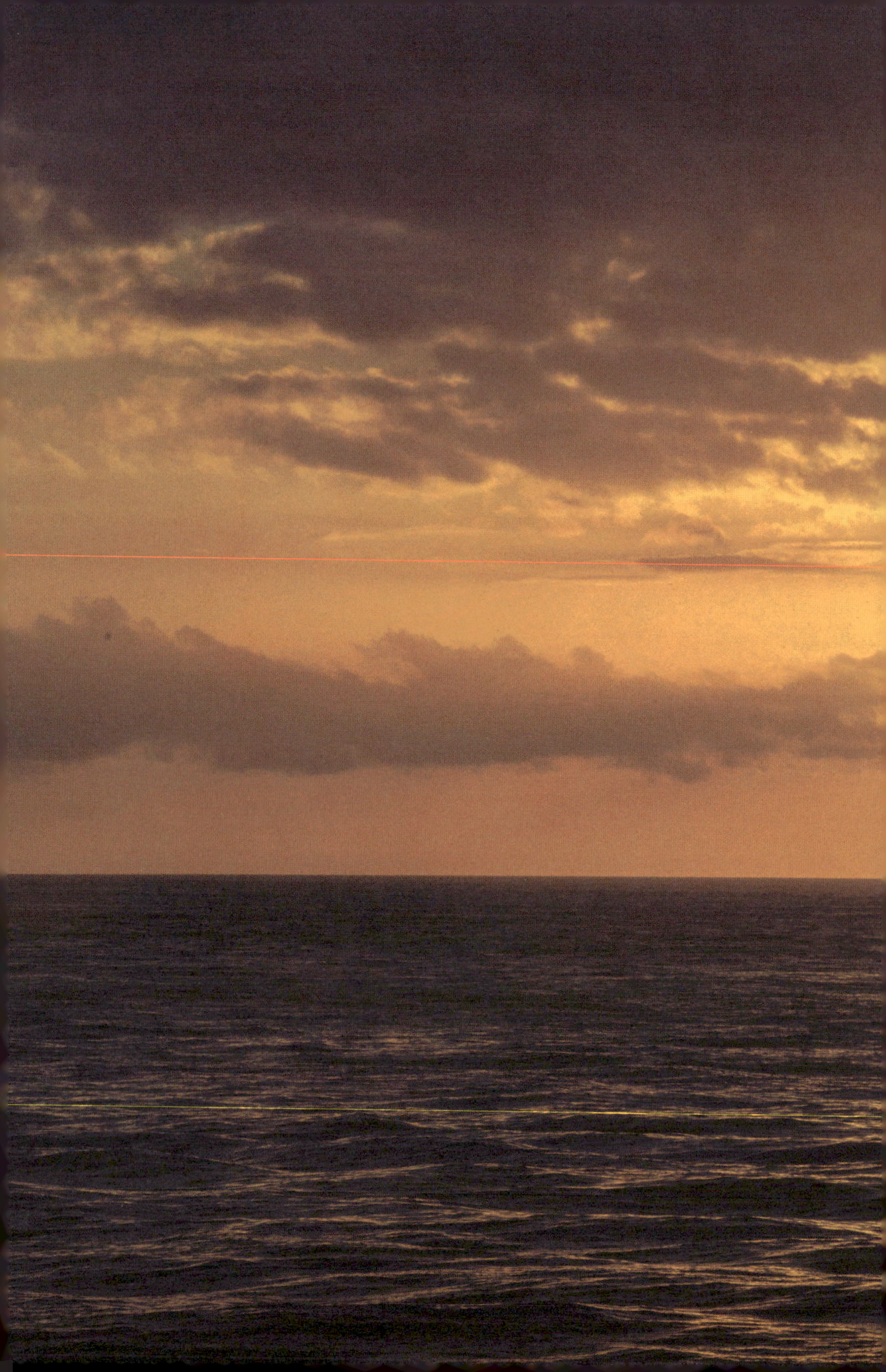

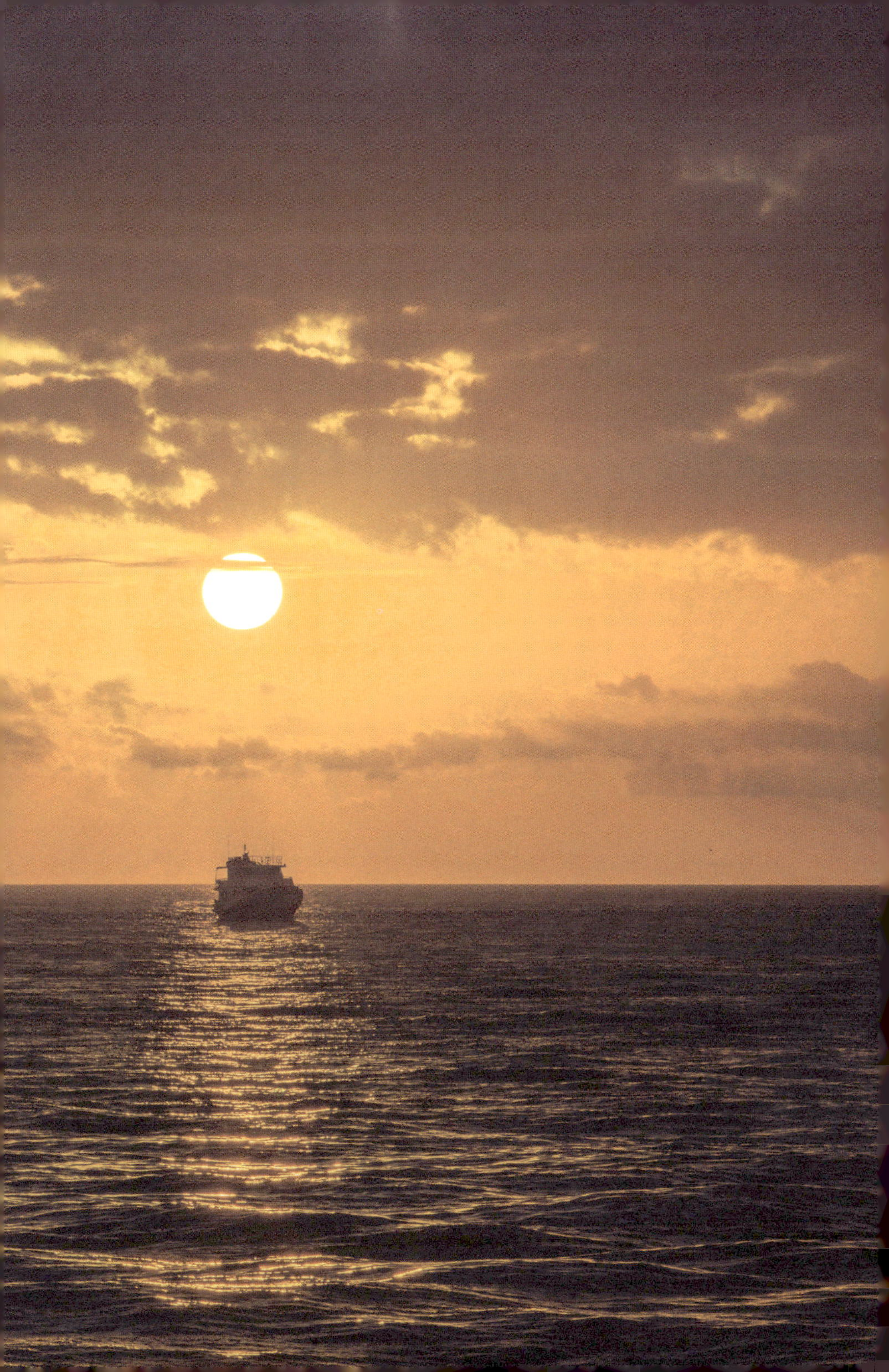

▲ 满是棕榈树的基韦斯特小街

力度，打击犯罪。要想来基韦斯特只有一条跨海的公路，边防检查严格以后，堵车的"盛况"简直不忍直视，游客望而却步。这下可把当地居民急坏了，跟着市长一起向美国政府提出抗议，甚至还到法院起诉，但根本没人理会他们。这下可激怒了基韦斯特市长，他一气之下于1982年4月23日宣布"独立"，正式脱离美国，建立"海螺共和国"。面对强大的美国政府，全体"国民"拿起喷水枪、古巴面包奋起与强大的美军对抗，甚至连"总理"都身先士卒地率领"军队"冲击美国航空兵基地。不过"战争"开始一分钟后，"总理"又率众投降，承认自己是"战败国"，要求美国给予10亿美元的战争补偿。世界上最短的"国家"之间的"战争"结束了，"共和国"全体"公民"自下而上、同仇敌

▲ "海螺共和国"的"国旗"

忾、无一缺席的"独立战争"就在这短短的一分钟内结束了。

事件发生过后，美国的边防安检部门撤除了检查哨所，游客可以安然地来岛上旅行。所有看热闹的人以为这就是基韦斯特人的一种幽默方式，达到撤卡目的后就会宣称"独立"只是表达意见的手段。但"海螺共和国"的居民们可没有这么想，他们坚持认为自己的"国家"是"战败国"——一个战败了的完整的"国家"！1994年12月迈阿密举办美洲国家首脑峰会时，"海螺共和国"居然派出"国家首脑"要列席会议，并且以便宜1/3的价格拿下了和别国首脑一样待遇的总统套房。美国国务院官员极力向新闻媒体解释没有邀请什么"海螺共和国"来参加峰会。"海螺共和国"马上给予美国政府回应，称其对峰会唯有尊重之意，并无戏谑之心。意思是我们可是认认真真地参加峰会来了。

事情到此依然没有结束，"美海两国"更加精彩的故事发生在1995年9月20

日。当天"海螺共和国"工作人员得知美军在附近进行军事演习,十万火急地通报给"总理"。"海螺共和国""政府"面对美军的"来袭"绝不屈服,坚决抵抗,立马召开全体会议。至中午12时,一封致美国三军统帅、美军参谋长联席会议主席及美国国务卿的交涉函件就已送出,强烈抗议未经允许在其"领土"上进行军事演习的行径。"海岛战时内阁会议"于当晚举行,经讨论决定,将于美军越过博卡奇卡桥之际,向"入侵者"投掷海岛的首选利器——古巴面包;同时海军舰队于斯多克岛桥畔设立防线,阻止美军进入"首都"。次日清晨,秘书长办公室正式向美军驻地下了战书,并转交了"海螺共和国"致美国白宫、五角大楼和国务院的抗议信。

和13年前一样,"海螺共和国"出动"陆军"用古巴面包与强大的美军对峙,出动"海军"全部的橡皮艇、喷水枪向敌人扫射。最后,"共和国海军司令"哈维向美军穆勒少校宣读了"海螺共和国"的交涉条目,然后大声质问美军是否同意所有条款并寻求"海螺共和国"许可入岛?"是的。"少校答道。"海螺共和国"全军顿时掌声雷动,螺号齐鸣,这次"海螺共和国"一雪前耻,终于战胜了强大的美军,再一次扬名世界。

佐治亚州
▼
田纳西州
▼
亚利桑那州
▼
加利福尼亚州
▼
内华达州

禁酒法案催生可口可乐

结束了美国最南点基韦斯特的行程，我们驶上40号高速公路，开始返程之路。之所以走这条路，是想去看看美国中部一些相对落后，国人听起来很陌生的州，像俄克拉荷马、阿肯色、田纳西这样的地方，最终从内华达州返回洛杉矶，结束自驾之旅。

从佛罗里达州出发，回程经过的第一个州是佐治亚州，拥有可口可乐博物馆、CNN总部，还有举办过奥运会的亚特兰大也在这里。

亚特兰大黑人占比很高，官方数字是1/3，但我上次来的时候在大街上看到的绝大多数都是黑人。我在中餐厅吃饭的时候，随身携带的单反相机被3个年轻人盯上了，差点被打劫（具体内容参看本人所著《美不美国》第二部）。所以我这次来亚特兰大住在了市中心的五星级酒店，出来旅游安全还是要排在第一位的。这次很幸运的是，我们不但订到了合适的酒店房间，还在56层，俯瞰亚特兰大，视野极佳。

酒店距离可口可乐总部和CNN总部很近，步行即可到达，打车或停车费的钱全都省下了。我放好行李直接下楼，几分钟后就到了亚特兰大的必游之地——可口可乐博物馆。

在全球500强排行榜中，苹果、谷歌这样的公司可谓风头正劲，但在它们之前，可口可乐曾连续问鼎排行榜多年，美国人引以为傲的就是可口可乐。到今天为止可口可乐已经有100多年的历史，2018年在世界500强企业中排名第328位，

▲ 亚特兰大街头

别看名次大幅下滑，但像苹果、谷歌这样的公司能不能熬到它一半的年数都不好说，而且这个排名是靠销售额，而不是真正的品牌价值。有着100多年历史的老牌公司，曾经又是美国人的骄傲，可想它的品牌已完全融入了美国文化之中。就像麦当劳，很多人也知道像汉堡王之类的快餐店在很多方面已明显超越麦当劳，但当被问到为什么还要死啃麦当劳时，美国人就一句话："因为麦当劳陪我一起长大。"可见品牌的力量是多么强大。

这个占地8万平方米左右的可口可乐博物馆不但离我住的酒店很近，离百年奥林匹克公园也很近，可谓是市中心的中心地带。1886年，可口可乐公司在美国佐治亚州亚特兰大市诞生。说起来，它的诞生要感谢那个年代美国的禁酒令。住在这个城市的药剂师彭伯顿于1885年在家中后院调制出了无酒精的

Pemberton's French Wine Coka。第二年，天气太热了，他在饮料里面加了糖浆和水，再往里面放了几块冰，他尝完后觉得味道不错，于是马上拿到当时规模最大的雅格药房出售，每杯5美分。助手百忙中误把苏打水掺了进去，结果令顾客赞不绝口。至此，新产品诞生了，他需要一个好名字，听起来有趣而令人开心，于是彭伯顿的合伙人之一弗兰克·鲁滨孙想出了"Coca Cola"这个名字，它不仅点明了两种主要成分（可卡和可拉果），而且还押韵。

直到今天，可口可乐的饮料在全世界大概每一秒钟就能卖出19400瓶。但可口可乐这个名字在中国却有一段曲折的历史。1927年，可口可乐进入中国市场，先是被翻译成不知所云的"蝌蝌啃蜡"，随后在1928年被蒋彝教授翻译的"可口可乐"所代替，这个名字便一直流传到今天。

公司最为珍贵的就是可乐的配方，配方99%都是对外公开的，只有那1%的秘密永远珍藏。从20世纪20年代开始，这份保密配方就一直被紧锁在亚特兰大的某家银行之中，1986年，公司将配方转移至可口可乐博物馆中。配方对我来说无所谓，反正我也生产不了，我感兴趣的是它的口味。在博物馆里专门有个大厅，里面有几根圆形的大柱子，每根大柱子代表一个大洲，上有很多水龙头，里面流出来的就是在这个大洲所售卖的产品，看来只有到这里才能喝到全世界最全的可口可乐。不尝不知道，原来绝大多数的产品我都没喝过，有辣的、酒精味儿的及一些用语言根本无法描述的味道，其中有一款非洲的产品，喝进去不到半秒钟我就吐了出来，根本没法坚持含在嘴里，据说是用非洲的一种树根磨成粉做成的原料，中国人应该很难适应。临走时博物馆会免费送给游客一小瓶最古老的玻璃瓶包装的可乐，很有纪念意义。

▲ 可口可乐博物馆里展出它的历史

▼ 可口可乐博物馆里有在世界各大洲售卖的各种口味的可乐

走进CNN

我在亚特兰大市中心酒店56层的客房里安然度过了一夜，本想透过落地窗欣赏一下城市的夜景，但大雾让我视线受阻。说到亚特兰大，那可是南北战争在美国的历史课本里最浓重的一笔，让人记忆最深刻的就是谢尔曼将军为了防止美国的分裂而采取的极端残酷的镇压，让整个亚特兰大变成人间地狱。

那场大屠杀让亚特兰大彻底湮灭在历史中，我们今天看到的亚特兰大是在原址上面重新建立的城市，唯一保留的亚特兰大老街得坐电梯下去，它深埋于今天的城市下方。今天，这个城市已经焕发新颜。如今中美航线飞行最多班次的美国达美航空公司总部就设在这里，亚特兰大的机场也是美国最大最繁忙的机场。世界上最大的快递承运商与包裹递送公司UPS也把总部从西雅图搬到了这里。亚特兰大还被喻为购物天堂，只要你来到这里就一定会满载而归。此外，这里还是美国总统卡特的故乡。综上所述，这座城市无愧于美国商业重镇的头衔。差点忘了最重要的，国际知名的美国有线电视新闻网（CNN）的总部就在这个城市。

CNN由特德·特纳于1980年创办，目前为时代华纳所有。特纳是个商业奇才。他有句名言："CNN要播出直到世界末日，即使到了世界末日，CNN也要

▲ 亚特兰大奥林匹克广场夜景

现场转播那一刻！"人们并不清楚特纳有多少财富，但都知道他已经向联合国捐款6亿美元，按照他自己的计划，要捐到10亿美元。相比之下，他的生活却很节俭，开低档车，家里甚至连空调也不安装。这不禁让我怀疑，亚特兰大夏季可是出了名的炎热，他是怎么熬过去的？

我对创始人特纳的疑惑其实就是个玩笑，但不开玩笑的是CNN强硬的媒体作风，用流行的词语定义就是谁都敢怼。以至于当初美国政府就曾拒绝让CNN记者加入白宫记者团，对此，CNN将美国政府控告到法院，而且还赢了官司。

113

▲ CNN总部

从那以后美国总统走到哪里，CNN挑剔的镜头就跟到哪里。

　　CNN被认为是世界上第一个24小时的新闻频道。因为在电视发展的早期阶段，电视新闻并不能改变民众惯性地从报纸获得新闻的习惯，美国三大广播公司的晚间新闻只有15分钟，1960年后才增加为30分钟。特纳抓住了机遇，想成立一家将世界各地发生的种种新闻及时地、源源不断地在全球播出，以一周7天、每天24小时的滚动形式呈现在观众面前。1981年，CNN率先在电视上报道里根遇刺事件，引起轰动。真正让它扬名的是在1991年的海湾战争中，关于战争的现场报道吸引了全世界的目光。经过多年的努力，CNN已经拥有15个有线和频道网络（如CNN头条新闻和CNN财经）、12个网站、2个当地电视网络（如CNN机场网络）和2个广播网络。此外，CNN在全球还拥有多个地区和外语频道。

　　我们特意起了个大早，赶在第一批游客参观团进入CNN总部，想在相对安静的环境下仔细了解一下这家叱咤风云的国际新闻媒体。其实这个总部原来是一家酒店，特纳买的时候只买了酒店的一部分作为公司总部。直到今天大楼的一部分依然是酒店，和总部共用一个大型天井，1000多人在里面办公空间绰绰有余，而且客房的大窗户就面对着天井的CNN大堂，所有人的一举一动看得十分清楚。在导游的带领下，游客可以观看到电视新闻的制作过程，还可以亲自体验当电视新闻主播，电视台的人会制作成DVD给游客作为珍藏。可能今天来得太早，在参观过程中透过大玻璃看到所有的工作间，都只有几个人在聊天，成片的办公桌都是空的。

▼ CNN总部大楼内

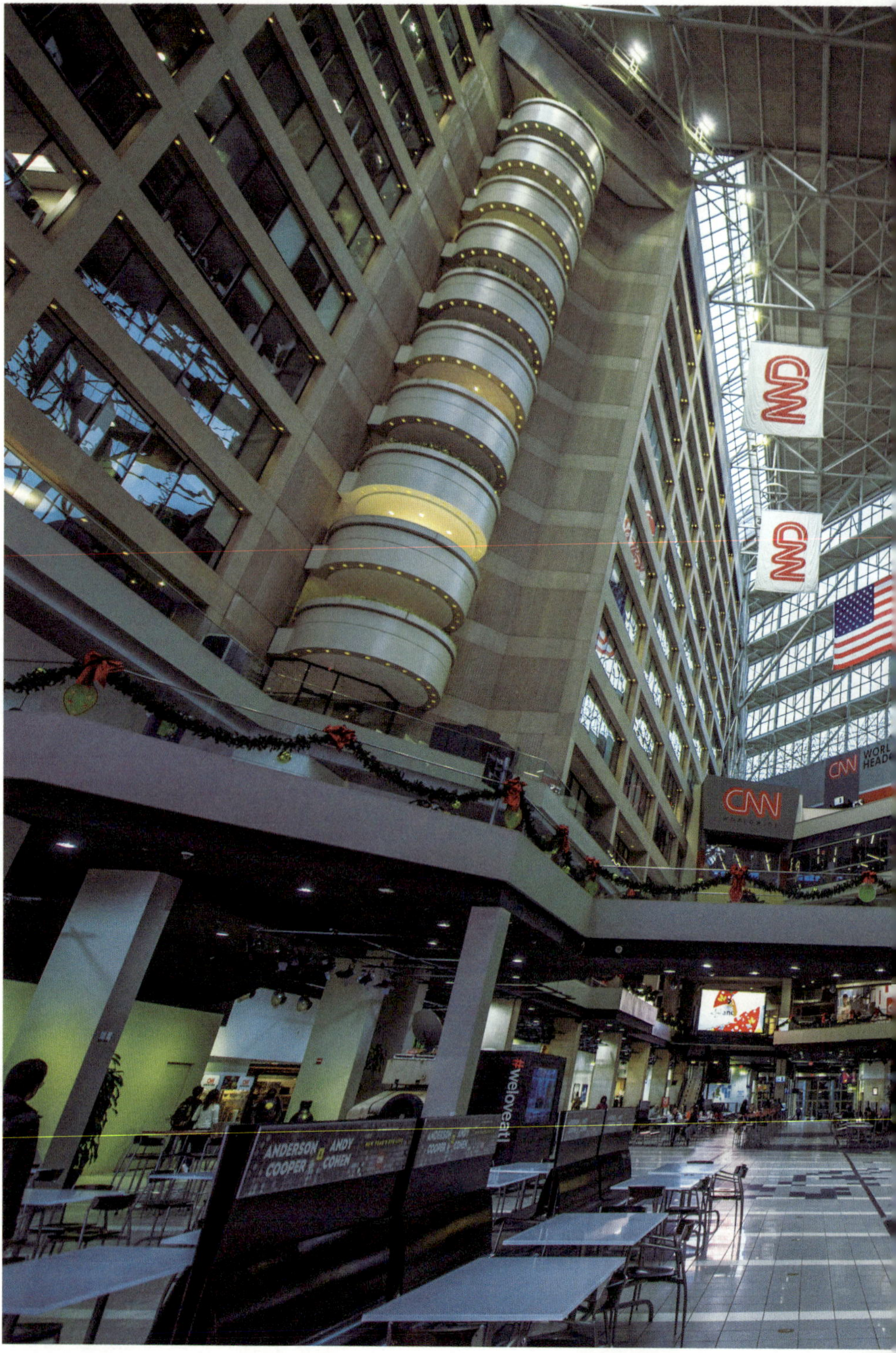
CNN
CNN
CNN
ANDERSON COOPER
ANDY COHEN
#weloveatl

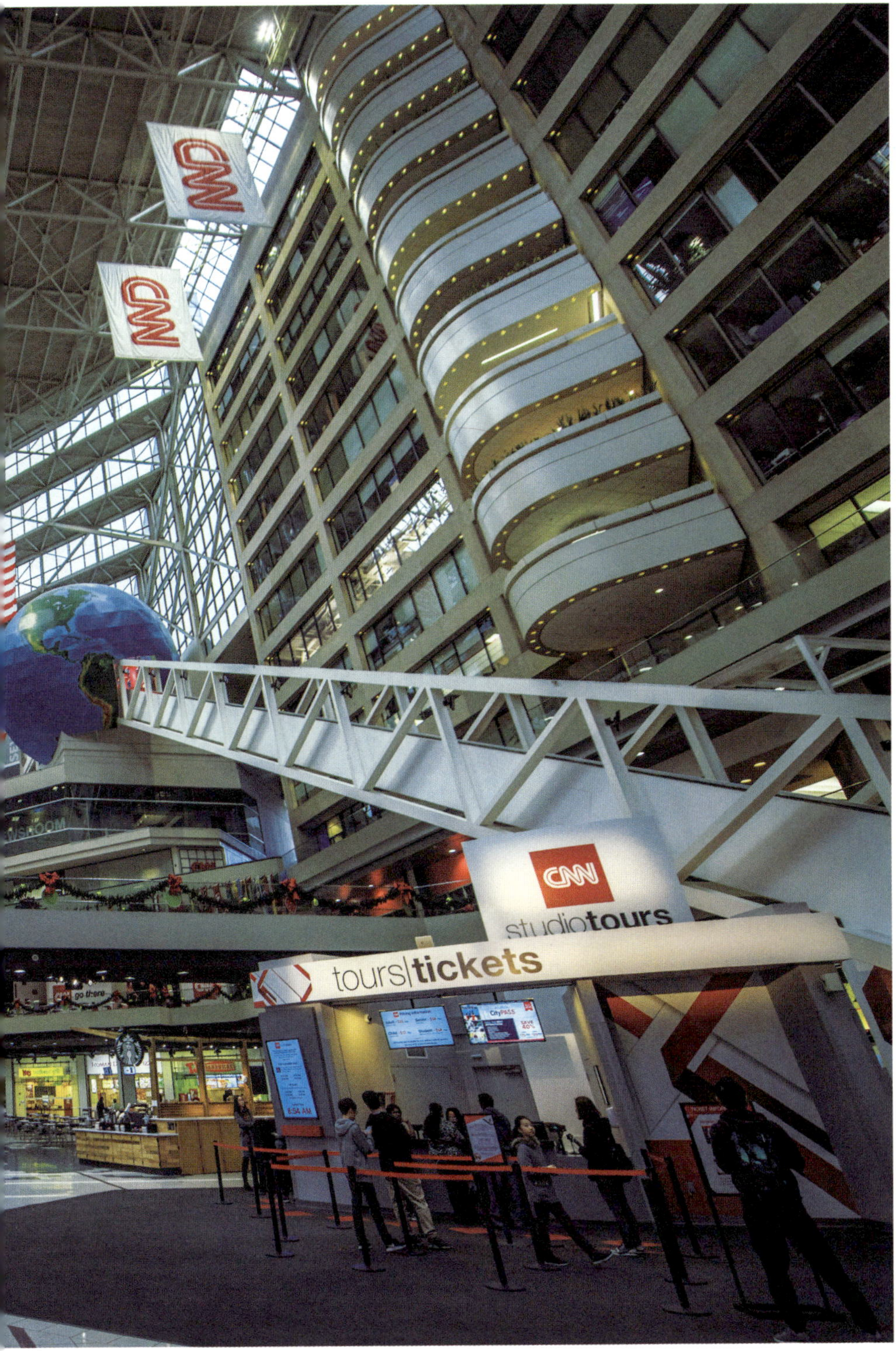
CNN
CNN
CNN
studiotours
tours|tickets

▲ CNN在海湾战争期间用的直播车

　　我亲眼看到的现场直播是在一个特别大的转播厅，一个金发碧眼、气质绝佳的美女主持正在播新闻，我和她的距离也就十几米。导游还把我们领进一个直播间，示范直播新闻和天气预报的流程，讲解完后询问大家有什么问题。外国小孩都很爱提问，我小时候就羞于提问题，生怕自己的问题太低端，以至于把我一直隐藏得挺好的可怜智商暴露出来。不过西方人很鼓励提问，他们总是说"世界上没有愚蠢的问题"。这次有几个人提问，不出所料，导游把机会留给了儿童，然后细心回答他提出的所有有关电视转播的问题，不但如此，还让其中一个孩子亲身体验电视直播，甚至让他模仿了一次实时天气预报的播报。我也提了一个问题，就是问导游有没有去过中国。导游很兴奋地提及了他在北京、杭州的经历，并表示对中国有着很好的印象。

我在二楼拿起相机拍摄天井时，一束强光突然打在我的身上，原来是一层大厅的一个警察正在用手电筒照我，警告我不要拍照。结束参观行程后我重新回到一层大厅，我走过去问那个警察在这里可不可以拍照，他说没问题。明明拍摄的都是一个目标，在二层不允许，来到一层却可以随便拍。

有学者认为，CNN之类的电视新闻，在追求及时、逼真与现场感时，淡化了与娱乐的界限，往往缺乏与事实的联系和意义，肤浅琐碎，看上去像没完没了的情景喜剧，被形容成只有"一英里宽，一英尺深"（一英里约合1.6公里，一英尺约合0.3米），一道"栩栩如生的墙纸"。由于CNN是通过与美国政府紧密合作而取得大多数新闻的，很多人指责CNN并不试图做出准确的报道，而只是一个宣传工具。在市场份额方面，CNN已经输给了福克斯新闻，目前是美国第二大新闻频道。

体味蓝调故乡

在一个阴沉的冬日早晨，我很绅士地走到酒店大堂门口，让门卫叫人把车从地库中开出来。不是我在假装有钱人，美国五星级的酒店好像都是这个套路，车到了酒店就不是你的了，门卫给你停在了哪个停车位根本不会让你知道。在治安欠佳的美国城市，住市中心的五星级酒店能保障人身安全。不用太担心价格问题，只要不是周六日或节假日，这种城市的五星级酒店还是很便宜的。

离开亚特兰大，我们的下一站孟菲斯是美国第四乱的城市，那里的犯罪率较高，而且在2015年还曾以发生了7000多起严重伤害事件摘得最乱城市"桂冠"。和其他犯罪高发城市一样，孟菲斯的经济状况不佳，超过1/4的居民生活在贫困线以下，7.3%的失业率高出全美平均失业率2%。这个在美国大城市排名中仅位列第十七名的小城居然有这么大的"能量"，着实让人不能小觑。那天的行程很有意思，起点

和终点分别是著名的黑人解放运动领袖马丁·路德·金的出生地和逝世地。马丁·路德·金于1929年1月15日出生在亚特兰大,1968年4月4日领导工人罢工时在孟菲斯被人暗杀。

孟菲斯虽然不是美国的大城市,但它的名字大家都不会陌生。首先,在5000多年前,古埃及的首都就叫孟菲斯。1819年这个城市初建的时候也正是用了这个古老首都之名作为自己的名字。但让大众对孟菲斯耳熟能详的真正原因是音乐,

▼ 孟菲斯主街上的店铺

▲ 到孟菲斯的当晚赶上NBA联赛

▼ 孟菲斯的比尔大街

中国人熟悉的猫王和蓝调音乐都和这个城市有着不可分割的联系。猫王的故居和他当年制作唱片的录音室至今还是游人来此的首选之地。还有比尔大街，1977年，美国国会正式将比尔大街认定为"蓝调之乡"。

我们在下午终于抵达孟菲斯，选了一家位于密西西比河河畔的酒店，距离比尔大街和猫王录音室都不算远。蓝调和摇滚乐的故乡跟密西西比河联系在一起，让人不得不想起黑奴。蓝调是一种基于五声音阶的声乐和乐器音乐，它的另一个特点是其特殊的和声。它起源于过去美国黑人奴隶的赞美歌、劳动歌曲、叫喊和圣歌，低调、忧伤、忧郁。蓝调中使用的"蓝调之音"和独有的演唱方式都显示出它来源于西非。蓝调对后来美国和西方流行音乐有非常大的影响，拉格泰姆、爵士乐、蓝草、节奏蓝调、摇滚乐、乡村音乐和普通流行歌曲，甚至现代的古典音乐中都含有蓝调的因素或者说是从蓝调发展出来的。

要领略蓝调音乐的精髓，一定要去市中心的比尔大街。想要领略比尔大街的精髓，一定得去 Rum Boogie Cafe 或 B.B.King's Blues Club 餐厅。千万别着急，这种音乐需要真正静下心来，坐到里面喝上一杯，现场感受它的旋律、曲调、氛围、质感。比尔大街很短也很窄，别说和北京的长安街比了，就连成都的宽窄巷子都比它气派。但千万别小看这条毫不起眼的街道，《读者文摘》加拿大版评选世界十大不可错过的大街里居然有它的名字。

我来到比尔大街的时候正赶上一年中少有的热闹时段。一方面，正处在圣诞节期间，大街上欢庆的人们身着五彩的奇装异服，尽情宣泄着自己兴奋的情绪。另一方面，这天刚好赶上孟菲斯灰熊队主场的比赛，联邦快递体育中心就在比尔大街尽头的斜对面，远远地就看到警察在前面封路，当时我还怀疑是不是出什么治安案件了。就在我们来到市中心3天后，一家购物中心内发生枪击案，造成至少3人受伤，好在老天保佑让我们躲过了一场劫难。在美国自驾游真得随时注意安全问题，毕竟出来玩安全才是第一位的。

孟菲斯的市中心很小，却有个不小的停车楼，不用担心没地方停车。时值圣

123

▲ 我们在比尔大街用餐的餐厅

诞节假期，热闹的大街也掩盖不了当地寒凉的气温。就在几天前，我们一行人还是背心、短裤和比基尼泳衣组合的团队，现在一个个都已把厚厚的羽绒服穿在了身上。不过也好，过节的气氛更加浓郁了。比尔大街上的一家酒吧在外面点燃了煤气灯，既是照明灯又是暖气，西方人不管是吃饭、喝咖啡、聊天都喜欢在室外。大冷天坐在外面全得依靠这个既能照明又能取暖的家伙，不过说实话，这个东西可一点都不暖和，我在圣迭戈试过一次，那么温暖的地方都没感觉有什么作用，在这儿完全就是个摆设。

我们吃晚饭的餐厅很有意境：音乐、蓝调、摇滚乐以及这个城市的光荣——猫王。在我们的餐桌旁有个玻璃屋，里面是一套架子鼓和猫王的演出服，正上方是一个大屏幕电视，里面放着获得过格莱美音乐节最佳音乐的MV。正好我不吃晚餐，可以在餐厅里闲逛。这里的气温有点像北京深秋或初冬的温度，好像空气中带有一点清冽的味道，而且比重明显加大，感觉每呼吸一口都能砸到肚子里，这是我最为迷恋的感觉。我的情绪一下让孟菲斯的气温带得高昂起来，本来想早上去看密西西比河的，现在来了精神，决定就在今晚，让清冽透爽的空气陪着我一起去看看田纳西月色下的密西西比河吧。

▼ 密西西比河夜景

在太阳录音室致敬猫王

在孟菲斯旅行的重中之重是去一次曾经录制过猫王歌曲的录音室,也就是在世界流行音乐界大名鼎鼎的太阳录音室。1953年,18岁的猫王在这里花4美元录制了两首歌作为送给母亲的生日礼物。一年之后,太阳录音室录制了猫王的第一首热门单曲《That's All Right》。从1954年到1955年,猫王在太阳录音室总共录制了20多首歌,被完整保留了下来。2003年,太阳录音室成为美国历史标志,奠定了在摇滚乐迷心中神圣的地位。今天看来颇为简陋的太阳录音室的象征意义早已大于实际意义,来这里的不只有游客,也会有音乐人来这里录音,但都是为了缅怀猫王或寻求特有的仪式感。

太阳录音室有个很贴心的指示标记,告知游客后院是免费的停车场。录音室是一个极不起眼的二层小楼,和这个城市倒是挺合拍,都是低低矮矮的老式建筑,不仅老而且旧,不仅旧还很颓废,整个市中心有不少已经荒废了的建筑,被砸烂的窗户、破败的门脸、年久失修的墙体,无一不在提醒着人们孟菲斯已经是个快被遗忘的城市。后院停车场里的车还是挺满的,看来美国人对这个去世已经40多年的歌星还有很深的感情。

推开门走进录音室的一层,我第一印象是进了一家音乐主题酒吧,到处都是历史的印记,几十年前的广告、怀旧的胶木唱片、天花板上挂着的吊扇……由于来得太早,距离第一拨参观时间还有半个小时,在一层只能随便喝点什么或者买一些纪念品。参观的行程是由一个女导游带领,上到二层的录音室和展示间,阴暗的房间内播放着猫王的音乐。说句心里话,猫王比我大35岁,在音乐欣赏方面我的确和他产生了代沟。在如此庄严肃穆的氛围中,我极力让自己回到美国那个疯狂的年代,但还是不能融入音乐之中,我极力劝自己以前不喜欢他的音乐是因为没有合适的环境,这次来到太阳录音室,环境、气场都合适,但我最终还是选择投降了。我还特意用微信问了一下中国的朋友,她也实在欣赏不了猫王的音乐,反正我是怎么也听不出来到底好听在哪里。但不得不说,在那个年代能和猫王有相同知名度的也就梦露和肯尼迪了吧?红透半边天最多也就形容20世纪50年代后期的猫王,他一生中共录制了720首歌曲,开了1600多场演唱会,平均每两天半就有一场,他的唱片一共卖出15亿张,连迈克尔·杰克逊也难望其项背。从1955年开始,他的《伤心旅馆》不仅倾倒黑人,而且受到白人的喜爱。1956年,美国一位宗教界人士就发表讲话,提醒人们警惕在一部分美国青少年中正蔓延着崇尚粗鲁、无礼、非道德和堕落,其实指的就是猫王的音乐。结果那一年,在美国20张

▼ 太阳录音室

自驾 横穿美国大陆

▲ 寂静的孟菲斯

最畅销唱片中，有14张是猫王的作品。

　　那个时代的猫王已经不能用"红"来形容了，他已经成为美国甚至世界的传奇人物。其实按照今天的流行语，猫王是个不折不扣的凤凰男。猫王原名埃尔维斯·普雷斯利，1935年1月出生于美国密西西比州的图普洛。第二次世界大战结束后，猫王随父母迁到田纳西州孟菲斯市。密西西比州和田纳西州都是美国中部经济状况较差的州，和东西海岸的纽约、洛杉矶，北边的芝加哥，南边的迈阿密都不能比。猫王的父亲是个经常失业的卡车司机，根本无法保障家庭生活的开销。猫王16岁时就开始打零工贴补家用，后来的工作也和他父亲一样，是个每月挣35美元的卡车司机。

后来，猫王凭借其音乐天赋成了百万富翁。当时的百万富翁比今天亿万富豪的含金量还要高很多。久贫乍富后他开始报复性消费，什么贵买什么，只要别人能看得到，花多少钱也在所不惜。既然喜欢高消费，那就必须付出不同于常人的努力。他开始在全美国东奔西跑地演出，行程几万公里。由于缺少睡眠，他的神经受到了损害，记忆力下降。还有就是成名后带来的巨大压力让他沾染上了毒品和酒精，这两样东西除了伤害他的身体，还把他带进了永无尽头的孤独之中。

1977年6月，猫王最后一次举行演唱会时，连《温柔地爱我》这首歌的歌词也记不起来了。死神毫不留情地向他靠近，8月16日，年仅42岁的猫王告别了他的亲人、财富及名望离开了这个世界，留下了美国人对他的回忆。直到今天，在美国可能有不知道总统姓甚名谁的人，但却找不到不知道猫王的人。根据美国一家权威的民意测验机构最近公布的调查结果，至今仍有17%的美国人相信猫王并没有死，仍活在某个地方，说不定什么时候就会露面。

气势磅礴的中西部景观

我认为，横穿美国大陆的自驾之旅中，风景最美的是美国西部，如亚利桑那州、犹他州、南达科他州还有怀俄明州。怀俄明州的黄石公园，犹他州的布莱斯峡谷、拱桥国家公园，南达科他州的总统山凸显了美国西部的狂野，这些地方的山明显和中国的山不同，十分怪异嶙峋。我更喜欢亚利桑那州的山——红褐色的山峦拥有风化的岩石外表，很难找到植被，尽显沧桑与刚劲。最重要的是我觉得亚利桑那州是最能体现美国西部风光的地方。

在美国西部自驾经常能看到极为空旷的画面，轮胎下黑色的高速路笔直地向前延伸，终点是天空与大地之间的地平线。视野被3种颜色所覆盖，天空的蓝、大地的黄、公路的黑，通透的空气让它们之间的界限极为清晰，本来蓝天和大地可以一上一下和谐地安放在眼前，但脚下的黑色公路将大地撕开，这条黑色的引线直接扎向远方的天空，消失在蓝天与大地黏合处的终点。整个世界好像让自己包揽了一样，画面是固定的，很久都不会出现移动的影子，干净、空灵、寂静、深远。驾驶者机械地、长久地、呆滞地保持着一个驾驶姿势，视野之内没有任何参照物，大地、天空、公路都静止在视网膜内，油门踩到多深根本没了知觉。低头看了一下仪表盘——时速120英里（约合193.12公里）。

我不是故意超速驾驶，任谁在这样的公路上长时间驾驶也会失去速度感。眼前整个大自然的景色一动不动地摆在那里，别说天地了，就连时间好像都处于静止状态，黑漆漆的公路好像永远没有尽头，一马平川的公路在静止的天地间

▲ 自驾途中在俄克拉荷马州看日落

好像在跟你挑衅似的，无论怎么开，眼前依然是静止的画面。我在美国38个州自驾过，见到最高的限速标志就是在亚利桑那州，牌子上清清楚楚地写着80，也就是差不多130公里的时速限制。其实刚开始我是严格按照限速行驶的，但前方始终是空旷的，脚下的油门不自觉地越踩越深，等我看到速度表的时候指针已经指向了120英里，也就是说我基本上是以每小时200公里的速度飞驰在亚利桑那大地上。当时我被吓了一跳，立马把油门抬了起来，这辈子还真没开过这么快的速度。

　　自驾游的最大好处就是随意性，想在哪儿停就在哪儿停。这么快的时速加上长时间的驾驶，身体其实早已透支，只不过被高速驾驶引发的注意力高度集中所掩盖。朋友说在谷歌上查到附近有个国家公园，提议去那里看看，顺便休息几个小时，果然没跑多远就看到了这个叫White Horse Overlook的地方。在停车场的

▲ 公园内的景色

  时候还特意在百度上搜了一下，根本找不到相关信息，各个旅游平台的攻略也是一片空白，看来这里还真是来对了，别说跟团的中国游客，就是在美国自驾游的人也不见得能找到这个地方，我们完全是误打误撞来到这个国家公园的。

  这个国家公园有点类似于大峡谷，从上往下俯瞰很有气势，一般人都寻找这个角度观赏美景，但从下往上的角度则迥异。别看这个国家公园的名字叫overlook（俯瞰），但主要的行程都安排在了谷底，这里的风景还是仰视比较壮观。美国西部的大山明显要比东部的大山更加震撼，虽然东部缅因州也有像阿凯迪亚国家公园这样的美景，而且公园的面积也非常广阔，但总感觉东部的国家公园更加秀气，从气势磅礴这个角度来说，美国西部旷野的原始风格更加震撼。怪

佐治亚州・田纳西州・亚利桑那州・加利福尼亚州・内华达州

石嶙峋、千沟万壑、绝壁万仞都是对美国西部山区最贴切的形容。

进入公园后开车到停车场，这里就是公园的制高点，除了走回头路，哪儿都是在往下走。这里的山感觉就是超大型的石头，山体本身就是坚硬的石头，根本找不到土壤。在这里想绿化荒山绝对是痴人说梦，只能偶尔在岩石的缝隙中看到几株顽强的植物冒出头来。由于山体都是岩石，所以向谷底走的时候感觉异常危险，光滑的山体没有土路，如果脚底打滑，整个人会立刻栽下去，下面都是裸露的岩石，想想就疼。

我们一直走到谷底才算踏实下来：总算踩在土地上了。谷底的景色有点中国北方深秋的感觉，绿意盎然被秋意悄悄地转变为金黄遍野，视野内满是金灿灿的一片。金秋的美让人有种若有所失的惆怅，让人有种体验过繁华后的内心回归，让人不自觉地想要更加珍惜——珍惜自然赏赐给我们的美景，珍惜自然为我们种下的一草一木，珍惜自然变幻出来的缤纷多彩的颜色。这里是印第安人聚居区，直到现在还有很多印第安人在家里做一些手工艺品拿到谷底来贩卖。每当我看到美国西部旷野的景色，就觉着这里应该属于印第安人，他们才是这片土地的主人，其他人都只是这里的过客。

133

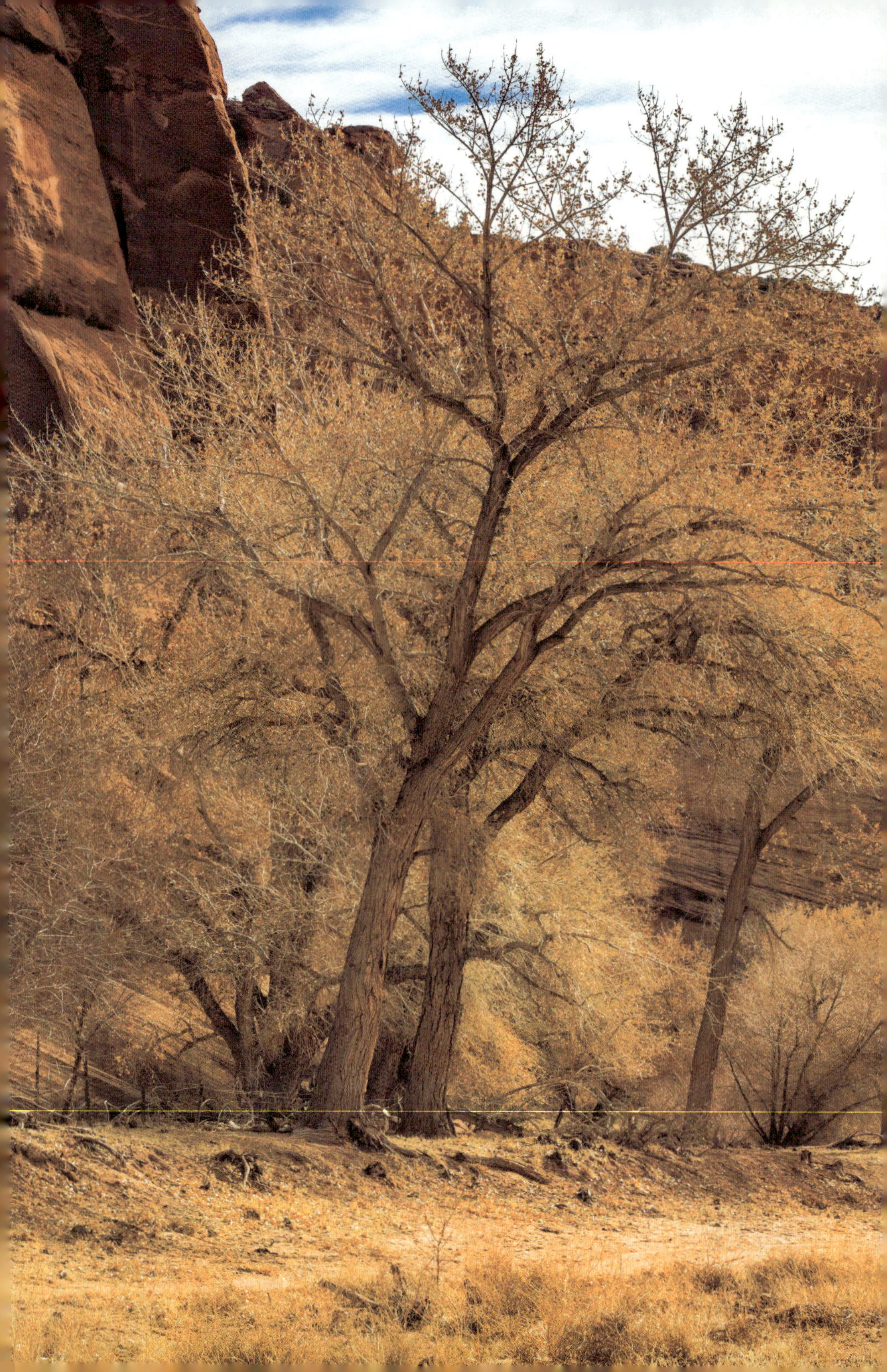

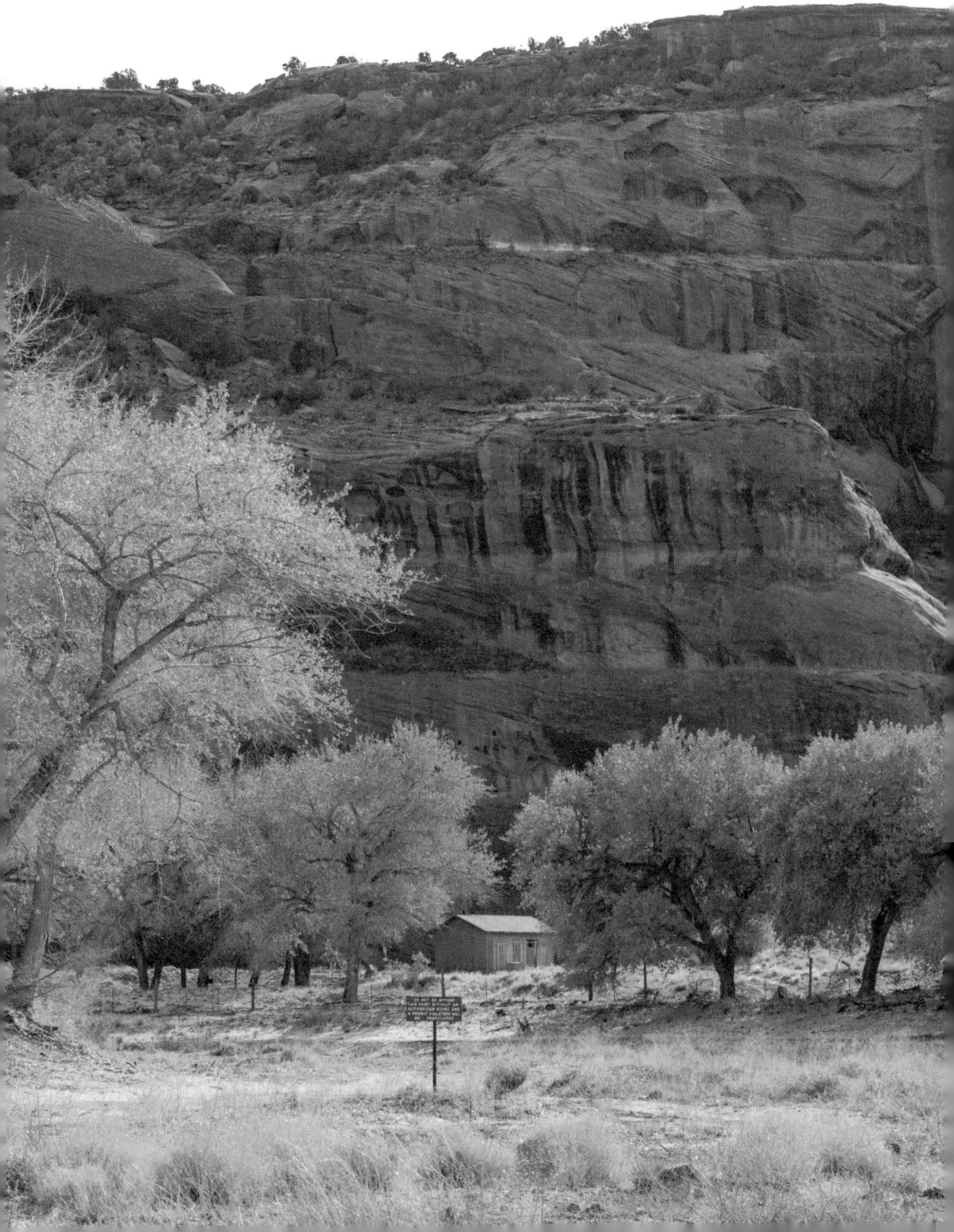

游客为何对这个小镇趋之若鹜？

从田纳西州孟菲斯出来后，我们沿着40号公路继续横穿美国大陆，在俄克拉荷马城过了个圣诞夜。当天正好是周末，俄克拉荷马有条法律，规定周六日超市不能卖酒，即使圣诞夜也不行。难道一边喝着冒着热气的茶一边嘘寒问暖地度过此生在美国第一个圣诞夜吗？大型超市禁售，那我就去别的地方看看。最后在圣诞夜即将来临的黄昏时分，为了找啤酒把油都耗没了，只能将车开进加油站，留下一个人加油，其他人都纷纷跑进厕所。自驾之旅就是随意，没人能限制自己的

▼ 奔驰在40号公路上

自由，在车里想吃就吃，想喝就喝。但有一个注意事项，喝多了就会上厕所，一个人去其他人也得跟着去，对于行程的时间把控特别不好。这一路上好不容易超过不少车，上一次厕所，所有超的车还得再超一次。而且美国那种巨大的拉货用的大拖头货车的确有点瘆人，网上有不少这种大块头出事的视频，我驾驶时从来不跟在它们后面，要么远远地躲着它，要么果断超过去。从厕所出来以后，我们在冰箱里发现了啤酒，今晚的圣诞酒宴总算有着落啦！

　　这次为期一个多月的自驾行程除了五星级酒店，属在俄克拉荷马城住的酒店最好。酒店距机场不远，价格不贵且房间很大，是大套间，卧室的床跟拉斯维加斯五星级酒店里的床一样宽，每个单人床如果躺上两个人保证谁都碰不着谁。客厅也大得惊人，我们6个人在这个客厅欢度圣诞完全可以尽情玩耍。我几次自驾美国一般都住汽车旅馆，在治安不好的城市就跑到市中心找家五星级酒店，像这种既宽敞又不贵的酒店还真没住过。酒店的名字叫Double Tree by Hilton Oklahoma City Airport，地址是4410SW 19th Street Oklahoma City。

　　我们下一个目的地是佩奇小镇，小镇人口只有1万左右，但每年来这里的旅游者多达几百万人。这种悬殊的比例我还真是第一次听到，是什么原因让这个不起眼的小镇成为全世界游客趋之若鹜的地方？那就是小镇周边世界级的旅游景点，如羚羊谷、马蹄湾、鹅颈湾、鲍威尔湖等，再远点还有拉斯维加斯、锡安国家公园、布莱斯峡谷、波浪谷、纪念碑山谷、大峡谷等。

　　来佩奇小镇前我们要经过美国第二大坝——格兰峡谷大坝，它是一座位于科罗拉多河上的混凝土拱形重力坝，始建于1956年，10年后完工并投入使用。格兰峡谷大坝桥曾是世界上最高的钢铁结构单跨拱桥。在没有这座桥之前，要想越过这个峡谷需要开309公里的路才能绕过去。而且最初的佩奇小镇可不是因为附近有众多世界级美景而建立的，就是因为要建这个大坝，才在距离大坝很近的地方建的小镇，之后才逐渐发现这些著名的景点，看来今天我们最应该感谢的倒是大坝了，不然这么多的世界级美景就会被淹没在浩瀚无边的荒漠之中。

格兰峡谷大坝利用自然条件隔断科罗拉多河上游，在位于犹他州和科罗拉多州交界处形成一个人工湖，并以当年发现格兰峡谷的探险者鲍威尔将军的名字命名。由于湖的面积巨大，从1963年开始一直蓄水17年，直到1980年将河流引入，它才真正完工。鲍威尔湖最深170米，长299公里，最宽40公里，占地面积可达658平方公里，湖岸线3058公里，蜿蜒伸展在无数山崖峡谷之间。鲍威尔湖是继米德湖之后的美国第二大人工湖。鲍威尔湖的湖水清澈、碧波荡漾，湖中拥有各种红色砂岩、石拱和峡谷等景观，其秀丽远胜于米德湖，已成为美国西南部地区最主要的国家级度假区之一，尤其是在夏季成为很多游客避暑纳凉的首选之处。

在鲍威尔湖游览，建议您坐上游船直接往湖的深处开去，在犹如分层蛋糕一样的山峦中穿行，仿佛找到了桂林的感觉。不过桂林山水突出的是水墨画的意境，而鲍威尔湖则是看颜色：山体分层的颜色、湖水的颜色、蓝天的颜色。不管怎么说，格兰峡谷大坝和鲍威尔湖绝对是值得一看的地方，只要到佩奇小镇，开车用不了多久就能抵达。这里的景色，肯定不会让您失望。

▲ 佩奇小镇边上的鲍威尔湖

命悬一线观壮景

我们在黄昏前开到了世界著名的马蹄湾,它的上游是格兰峡谷大坝。马蹄湾是格兰峡谷的一小段,由于河湾环绕巨岩形似马蹄,所以叫作"马蹄湾",也有人叫它"科罗拉多河大拐弯"。这个峡谷的另一个名字则更加贴切,叫"科罗拉多欧米伽大拐弯",想起欧米伽这个字母的形状了吗?没错,就是"Ω"!看到这个字母就知道马蹄湾什么样了。

马蹄湾的景色和其他自然景色绝佳的地方一样,最佳的观赏时间是日出和日落之时,但马蹄湾可不像其他地方那样仅仅是由于光线的色温,而是它本身的色彩在这两个时间段会变得异常绚烂。科罗拉多河本是红色的河流,但这段河流的颜色却是蓝绿色的,那是因为藻类植物大量繁衍的缘故。周边山体的土质由于含大量的铁和锰,在日出日落时的阳光下会闪耀美丽的金属红。峡谷在这里把科罗拉多河切出的河湾是翡翠般的绿色或是晶莹的宝石蓝色,红色的土和蓝绿色的河相得益彰,如果这个时候天空布满云彩,朝霞或晚霞也参与进来,这幅自然的美景会是什么样子?

由于车多,我们的车停在停车场出口处大约500米的位置,下车开始步行前往马蹄湾。从停车场到马蹄湾这一段路是沙石路,如果穿凉鞋来的话,脚会被磨得十分难受,因此最好穿一双密封性好点的运动鞋。

走到马蹄湾边上,我面对的不仅是壮丽的景色,还有深达300米的悬崖。说实话,这个Ω形的河湾确实让人感觉不可思议,是什么力量让它在这里窝了这么

▲ 日出时的马蹄湾

▼ 峡谷下方就是科罗拉多河

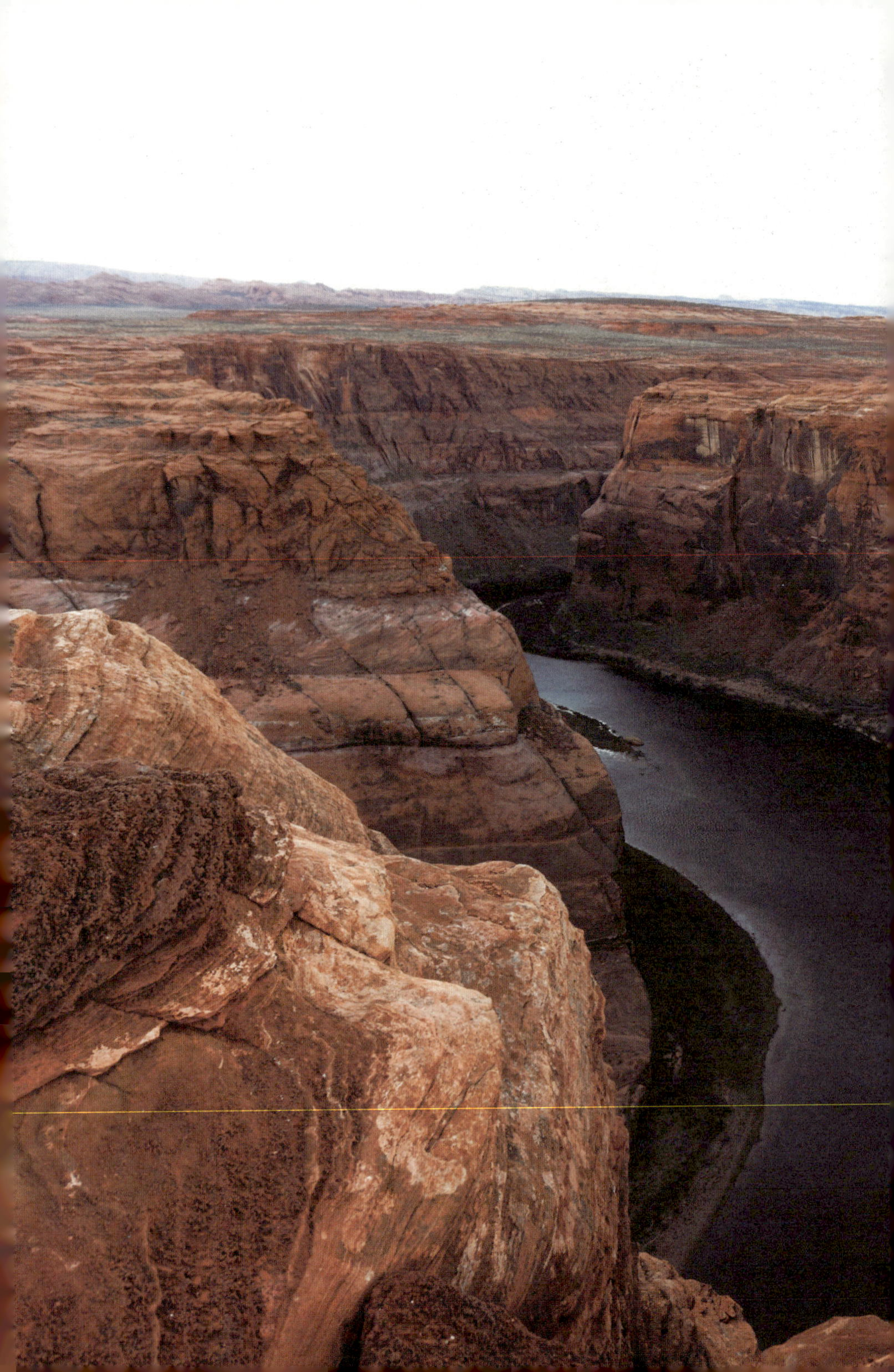

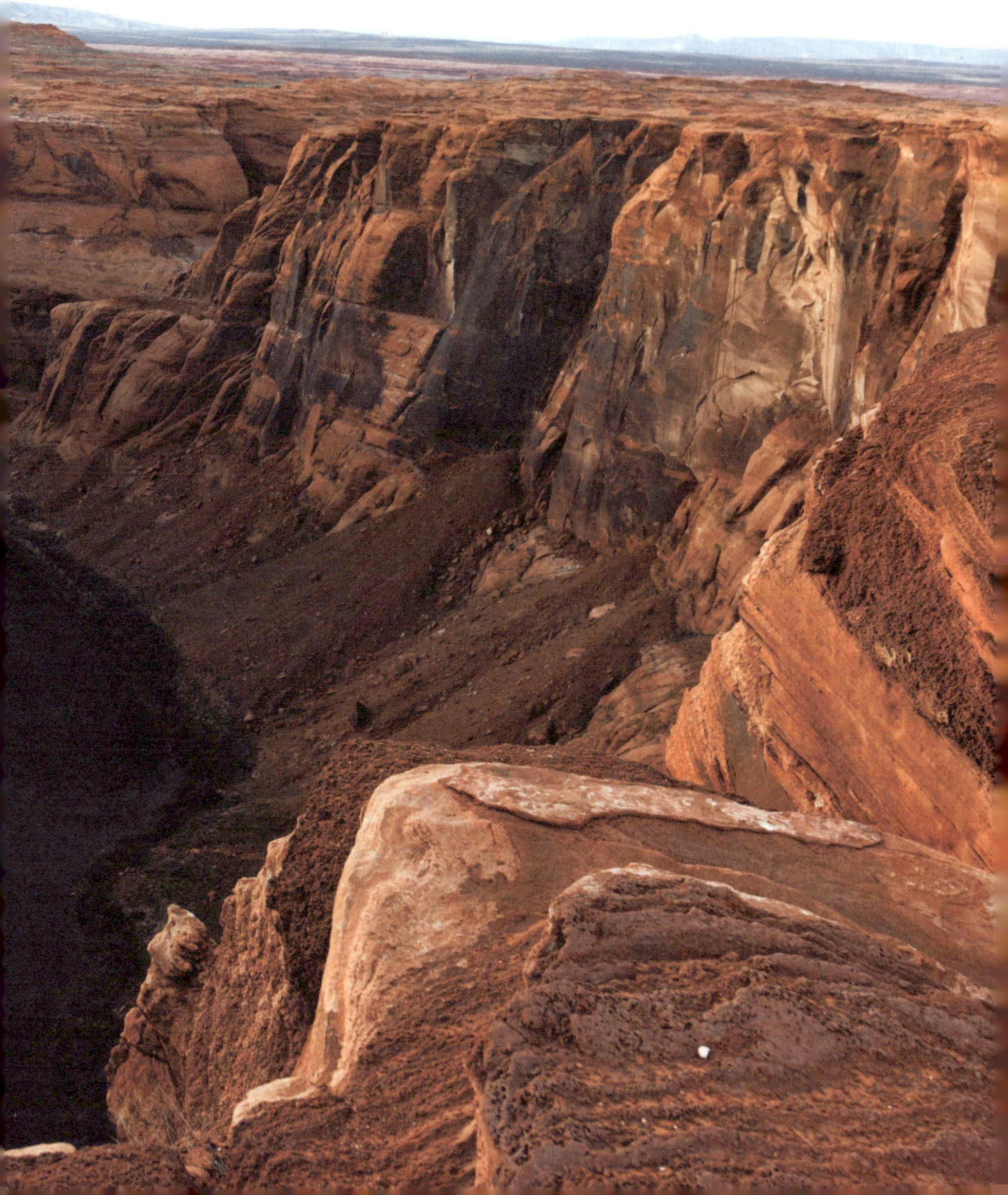

自驾 横穿美国大陆

一个大弯呢？这个圆润的弯道，从形状上来讲让人感到匪夷所思，又因为它弯得够深、够大，在气势上就能让人折服，再加上日出、日落时光线照射出的特有的颜色对整个河湾的渲染，前往观赏的人无不为它的气势感到震惊。这里的地貌被地理学家称为"纳瓦霍砂岩"地貌，白天看裸露在外的岩石好像有点暖黄色，和一般的山体区别不大，但等日出、日落阳光照射时，整个山谷通体被铁锈红的颜色覆盖，好像大地在流血一样吓人。

不过，迎接我们的马蹄湾晚霞没那么给力，山谷的岩石颜色基本没怎么变，

▼马蹄湾悬崖边

那就等明天早晨来看日出吧！

我们第二天一大早就起床，趁着天还没亮直奔马蹄湾。我们到达的时候，最好的拍摄位置早就被无数个三脚架占满，看来我这个业余的跟专业人士真没法比。我的意思可不是说人家起得早，最重要的是冒险精神。想拍整个马蹄湾，最好的位置就在悬崖边上稍微探出悬崖的一块巨石之上，前方没有任何遮拦，稍不留心，就会摔下300米深的峡谷粉身碎骨。当地的印第安人说，他们在悬崖边不做栏杆，是要让人看最自然的景色，看来印第安人是说到做到了，不过后果可都是由来自世界各地的游客自己承担的。我的同伴在拍照时，不小心碰到了别人的三脚架，那个人一下就急了，大声喊道："看着点！"这要是别的场合，我肯定觉得他小题大做，但在这个悬崖边，我充分理解他心中的恐惧。

据统计，每年在马蹄湾失足掉落悬崖的就有4人，平均每季度掉下去一人。因此，我提醒大家来此旅游、拍照一定要注意安全！马蹄湾这个世界知名的景点让我有两个意想不到。第一，如此有名的地方居然不收门票，美国人这不是明摆着浪费资源？第二，如此危险的地方居然没有防护措施，并且是在人命事故频发的情况下。

我们找到合适的拍摄位置，安心等待太阳从"马蹄"对面冉冉升起。不过和昨天一样，天空单薄了一些，找不到能映衬霞光的云彩。太阳冉冉升起，阳光开始自上而下地洒在"马蹄"之上，悬崖最底下的湖水颜色也开始由浅变深。可惜没带上"八爪鱼"，不然架在悬崖边用手机拍个延时摄影效果一定不错，多少能弥补一下天公不作美的遗憾。另一个遗憾是朝霞的色温太低，打在马蹄湾之上没有那种震撼的效果，昨晚铁锈红的地貌今天却变成了黄色，视觉效果大打折扣，我们果断决定启程离开，去更加著名的景点羚羊谷。

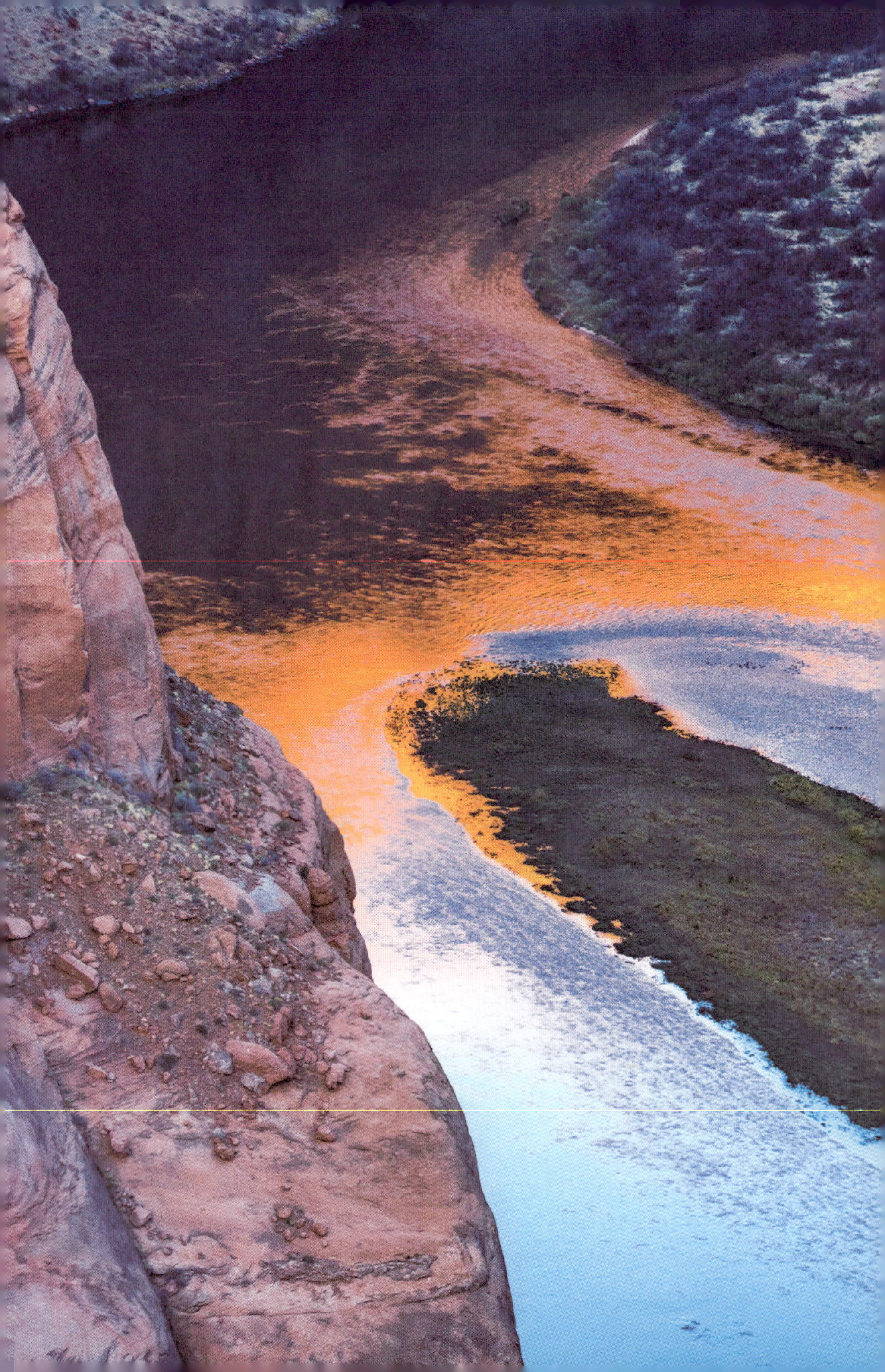

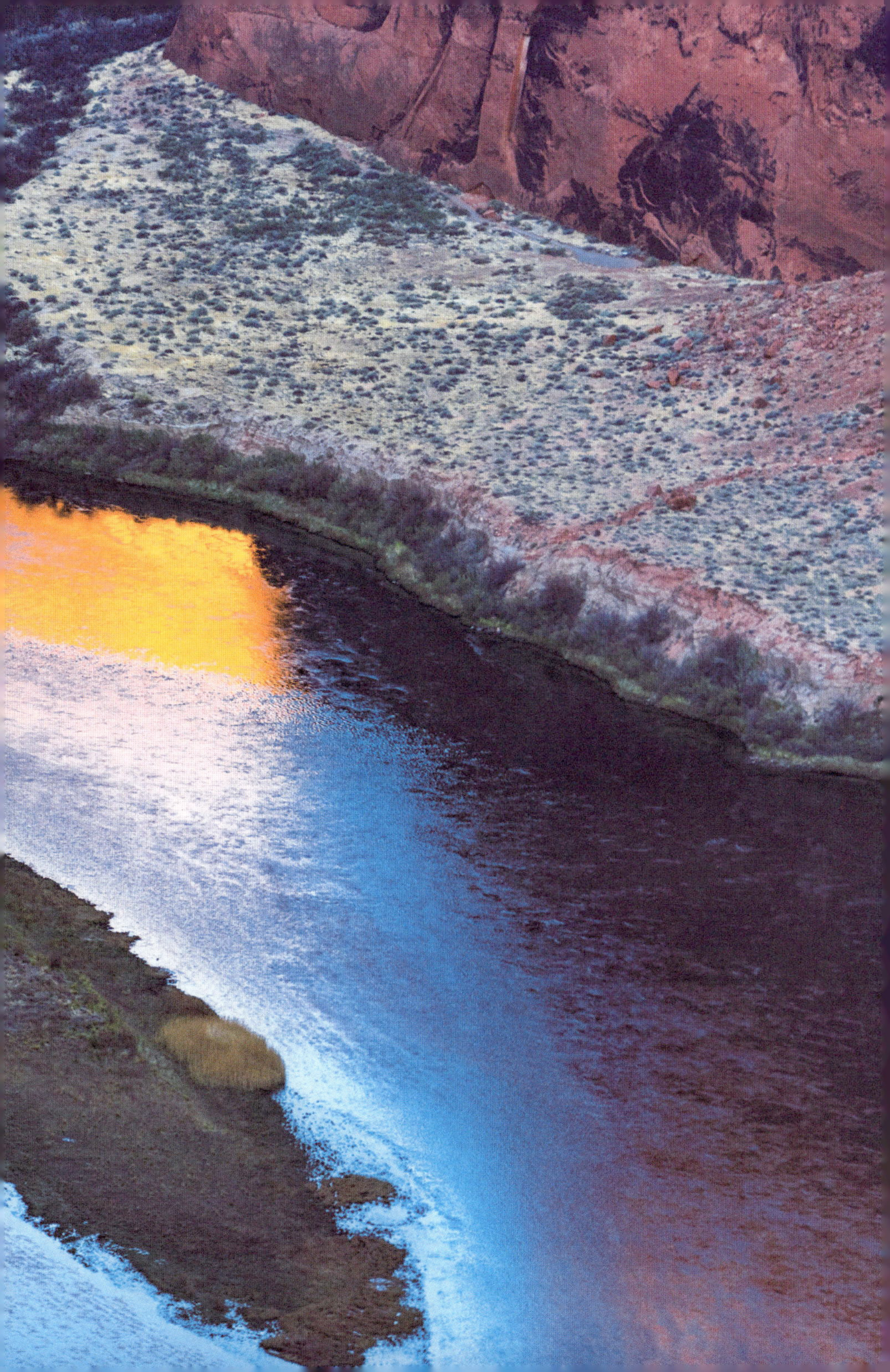

云谲波诡羚羊谷

开车出马蹄湾停车场上89号公路往北,路口右转上98号公路,没多久就到了上羚羊谷。没想到这么著名的两个景点居然离得这么近。

羚羊谷分上羚羊谷和下羚羊谷,我到的是上羚羊谷的停车场,在那里买票。我们来拍照的就得买摄影团的票,而且必须带三脚架,如果没带可以在售

票处租。没有三脚架是不能跟着摄影团进入羚羊谷的。

　　这里过去是叉角羚羊栖息处，故被称为羚羊谷。所处位置属于印第安人保护区，老一辈的纳瓦荷族将此地视为静思、与天地沟通的场所。上羚羊谷由于谷地较广，且位于地面上，所以游客较多。下羚羊谷在纳瓦荷语中的意思是"拱状的螺旋岩石"，一年中约有9个月不会开放，游客相对较少。羚羊谷的地质构造是著名的红砂岩，谷内柔软的砂岩经过百万年的侵蚀被冲刷得如梦幻世界。最让我不解的是形成这样意境的自然画面主要是由于暴洪的侵蚀，其次则是风蚀。暴洪？这方圆百里都是干涸的戈壁景象，即使有一条科罗拉多河，那也在马蹄湾那边啊！而且就那点水还被格兰峡谷大坝拦起来了。

　　其实越是干旱的环境，一旦发生暴雨，山洪暴发的力量就越是惊人。因为极度干燥坚硬的地表吸水性很差，水流被坚硬的地表托着，不会被吸收进土里，而是

▼98号公路景观

会顺着地势冲刷所经之处，如果地表有些许裂隙，湍急的水流会携带着一路冲下的沙石冲进裂隙，几乎无坚不摧，日积月累，就能让地貌产生天翻地覆的变化。羚羊谷在季风季节里常出现暴洪，流速相当快，加上狭窄的通道将水压增大，对岩壁的侵蚀力也相对变大，形成了岩壁上坚硬光滑、如同流水般的纹路。这里的光线成就了谷内的千变万化，不过只有正午很短的一段时间阳光才能透过几处间隙直射谷底。

即使羚羊谷的雨不大，但上游如果有大雨，狭窄的谷底很可能瞬间就变成一处急流奔腾、绝无逃生可能的地狱。1997年8月12日，下羚羊谷中有12名游客在没有当地导游引领的情况下进到峡谷中。当天峡谷所在地仅有零星的雨点，但在16公里外的上游降雨量约38毫米。降雨后45分钟内形成的暴洪，直接冲到了下羚羊谷中，这12位游客避之不及，被突然出现的暴洪冲走，其中有两位的尸体一直

▼ 7-9月的正午时分是参观羚羊谷的最佳时间

▲ 千变万化的羚羊谷内部

没有找到，恐怕是被冲到峡谷外面去了。只有一位28岁的美国游客生还（获救时被卡在岩架上）。羚羊峡谷区域的暴洪不一定在下雨时出现，有时在远方的上游忽然下了一阵雷阵雨，就有可能急冲至下羚羊峡谷中。

当然，羚羊谷魔鬼的一面毕竟是少数，大多数时候它展现给世人的是"梦幻天堂"的景象。在这里多数情况下都能拍摄到自己意想不到的画面，尤其在7月到9月的正午时分，当阳光从顶部照射进幽深狭窄的谷底，光和影的舞蹈幻化出奇妙的色彩，除了温暖的橘红色，更有让人意想不到的蓝色、紫色等冷艳色调，加之岩壁上历经岁月摩擦而产生的纹路，有的像火焰一样升腾，有的则像丝绸般顺滑，吸引着无数来自世界各地的摄影师。其中最有名的摄影作品当数澳大利亚摄影师彼得·里克拍摄的《幻影》了。2014年，这张照片以780万澳元（约合人民币4000万元）的天价售出，一举成为迄今为止世界上最昂贵的摄影作品。

从羚羊谷回到停车场发生了一件意想不到的事：我们的车居然没电了。望着一望无际的戈壁，别说修车铺了，连个人影都找不到。还好售票处里有一个售票员正趴在桌上睡觉，我赶紧过去敲窗把她叫醒，并跟她说了我的窘况，人家一副无所谓的表情让我回车里等着去。我只能回到车里一边享受着亚利桑那州的阳光一边打盹儿，也不知道过了多长时间，停车场里依然是我们一动不动的汽车和趴在售票处里一动不动的售票员。她让我等什么呢？不会以为我在这荒郊野地里还有后援吧？于是我又跑回售票处询问，售票员依然如故，就跟复读机似的复述了一遍刚才的话，用词、表情、神态、语气如出一辙。我正在狐疑时，一辆皮卡车开到我的车前，有救了！

皮卡车上下来两个小伙子，二话不说直接打开我的机器盖子，熟练地拿出电瓶线搭在电瓶上，动作熟练精准，都不给我一个帮忙的机会。他们把我的车打着以后，迅速收拾工具就要回到车上，我赶紧拦住他们，说要拍张照片记录一下他们对我的帮助。人家冲我竖了一下拇指，我赶紧按下快门，一个面对我微笑的人和背对着我要回到车上的他的同伴，以及来营救我的大皮卡车都被我记录了下来。我连掏小费的机会都没有，他们就上车踩下油门，大皮卡排气管留下轰轰的震响绝尘而去。

我们下一个目标是犹他州，进入犹他州可就离开南方进入北方了，必须换上冬季的衣服，路况也会更加复杂，弄不好会赶上大雪。好在美国西部的风景不会让人失望，不像在东部和中部自驾，都是让人一眼望不到尽头的平原。在西部自驾即便你不停车一直开下去，狂野的景色也能满足你对风景的需求，绝不会让眼睛和大脑感到一丝枯燥。越想越兴奋，得马上启程！我驾车驶出了停车场，疯狂地行驶在98号公路上。

▲ 艳丽的羚羊谷

▼ 羚羊谷里的色彩令人难以置信

在西峡谷底静静地发呆

美国作家缪尔在1890年游历了大峡谷后写道:"不管你走过多少路,看过多少名山大川,你都会觉得大峡谷仿佛只能存在于另一个世界,另一个星球。"1903年,狂热的户外运动爱好者、坚定的环保人士、时任美国总统的西奥多·罗斯福来大峡谷游览时,曾感叹道:"大峡谷使我充满了敬畏,它无可比拟,无法形容,在这辽阔的世界上,绝无仅有。"1906年他批准制定了科罗拉多大峡谷保护规则:减少大峡谷地区放牧牲畜,禁止猎杀食肉动物美洲山狮、鹰和狼,扩大峡谷地区国家森林规模,并在1908年设立大峡谷国家纪念碑。这些政策受到当地土地和矿山持有者的反对和阻挠,使科罗拉多大峡谷国家公园的设立推迟11年之久。1919年,时任总统伍德罗·威尔逊签署法令,确定科罗拉多大峡谷国家公园为美国第十七个国家公园。

据地理学家考证,大峡谷已走过600万年的历史。它是大自然在地球上的杰作,其辉煌与壮丽远非一般自然景色可比。不过,我一直认为大峡谷是一个物极必反的活证:千沟万壑、荒无人迹的穷山恶水,丑到极致就成了一种美。大峡谷得感谢它的规模,如果景区缩小到现在的1/10,恐怕没这么多人会对这里感兴趣。用怪石嶙峋来形容这里都算保守,这里呈现给游人的是"怪山嶙峋"。实际上,大自然刻凿大峡谷的工作并非一朝一夕之功,而是经历漫长岁月,至今犹未停歇。人类不能觉察每天镌刻的进度,但随着时间的演进,令人难以置信的伟大景观最终出现在眼前。

据记载，这片土地5000年前就有印第安人在活动，真正开发这里的也是他们，通过大峡谷里的泥墙小屋废墟，表明在13世纪就有印第安人开发过这里。根据印第安人的传说，大峡谷是在一次洪水中形成的，当时人类被上帝化为鱼鳖，才幸免于难，因此当地的印第安人至今仍不吃鱼鲜。又传说在16世纪，有一个叫科罗拉多的人为了寻找传说中的7座黄金城，从遥远的地方跋涉到此地并发现了大峡谷，并以自己的名字给峡谷命名。这个传说真是出乎我的意料，比上帝把人类变成鱼鳖还要令人吃惊。

还有传言说，科罗拉多大峡谷是16世纪中期由西班牙人弗朗西斯科·巴斯克斯·德·科罗纳多率领探险队，想要找到传说中美国西部的"大河"时发现的。探险队雇用了4个印第安人为向导，这些向导告诉他们沿着河走几天，那里住着一些特别高大的人。于是他们花了20天时间才到达这条传说中的"大河"，最终发现了大峡谷。

大峡谷的天然奇景真正为人所知，应归功于美国独臂炮兵少校鲍威尔的宣传。他于1869年率领一支远征队，乘小船从未经勘探的科罗拉多河上游一直航行到大峡谷谷底，科罗拉多河在谷底汹涌向前，形成"两山壁立，一水中流"的壮美景观，其雄伟的地貌、浩瀚的气魄、慑人的神态、奇绝的景色，简直让人目瞪口呆。鲍威尔少校将惊险万状的经历写成游记并广为流传，从而引起了美国朝野的注意。100多年后的今天，大峡谷更成为世界最知名的景点之一，每年接待300多万游客。

我决定先去西峡的谷底看一看，尽管按时间来说，这个季节是最不适合来到谷底的。西峡是可以用"海陆空"3种方式游览的地方，"陆"就不用说了，可以开车自驾到公园门口买票换乘大巴到峡谷的顶端游览；也可以像我们现在一样，自驾到峡谷底部。不过冬季是科罗拉多河的枯水期，想要乘船游览就别想了。"海"和"空"呢？就是乘坐直升机游览大峡谷，中间下到谷底乘船在科罗拉多河上游览。

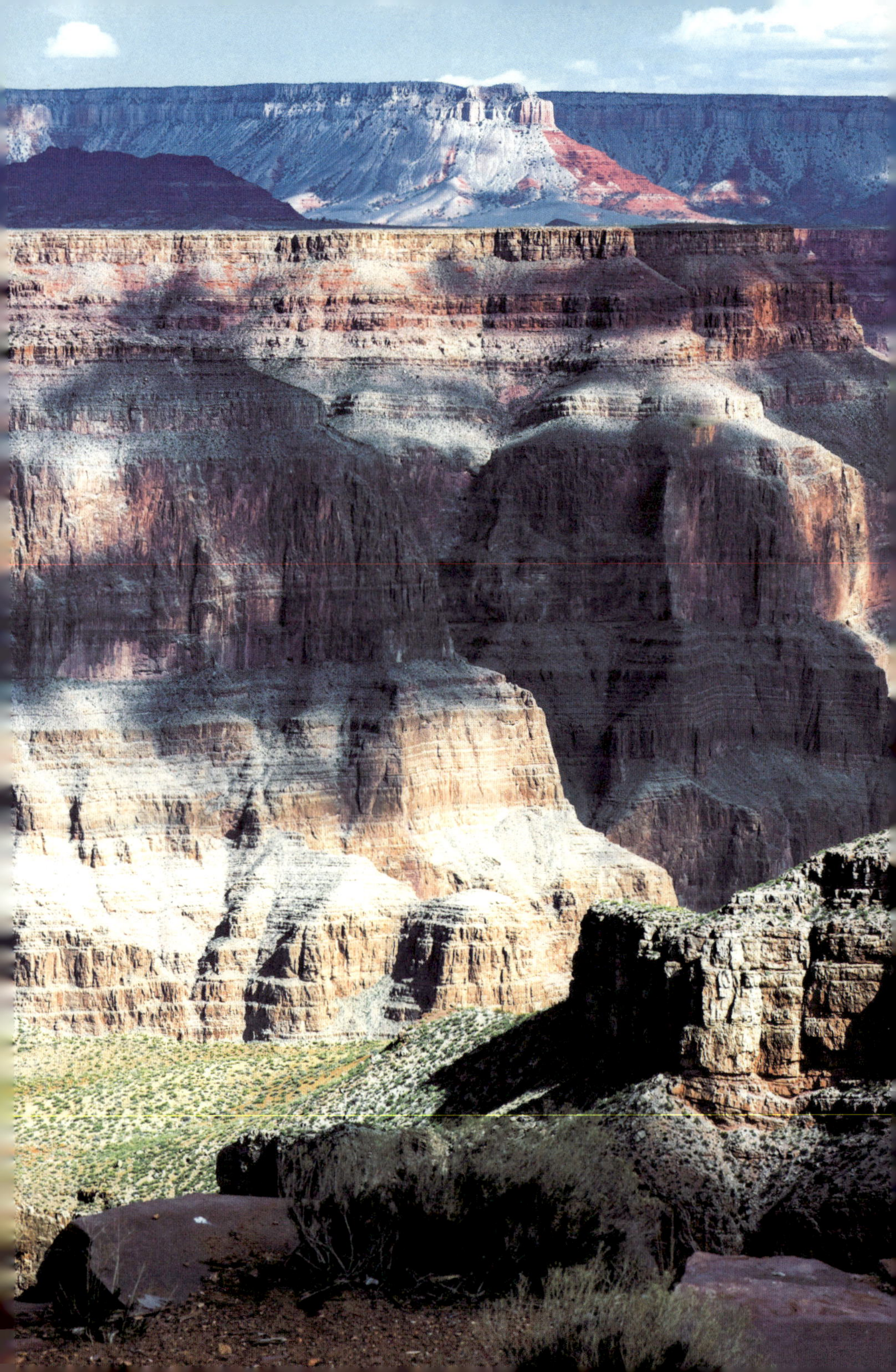

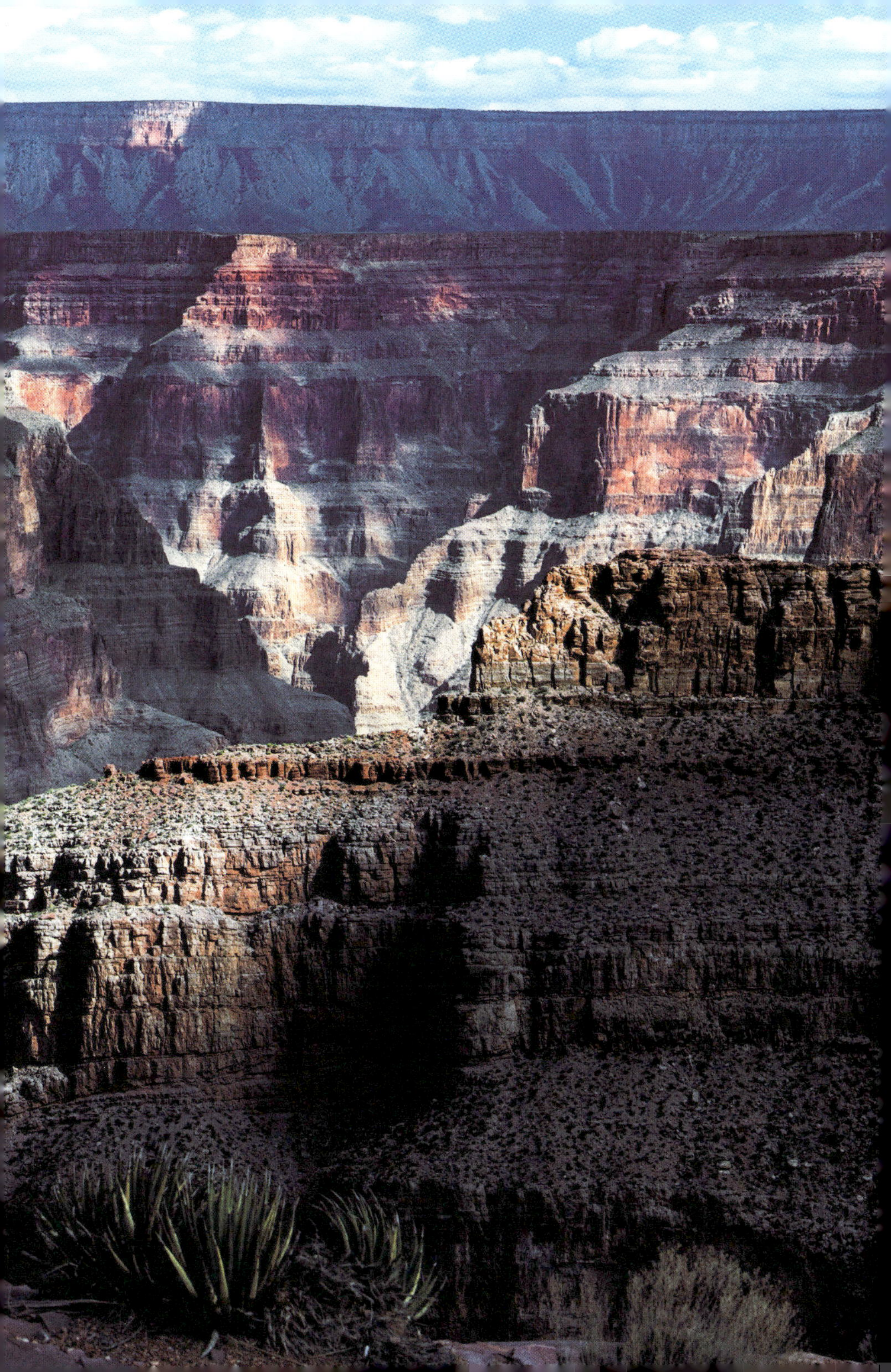

我们一边开车一边寻找通往谷底的道路，一路上都是纯纯的亚利桑那范儿。亚利桑那州和墨西哥州在我印象中是一片墨西哥戈壁的景色——大仙人掌、仙人球以及布满石头的戈壁滩。但我总是错误地认为唯有亚利桑那州有约书亚树，虽然犹他州和内华达州也都有这种长相奇怪的树，但这种树绝大多数还只存在于加州的约书亚国家公园和皇后谷的露天草地。约书亚树最早是原住民赖以生存的植物，他们用树叶来编织鞋和织品，芽和种子则作为食物。它们的名字是由摩门教拓荒者所取，因枝丫向上伸长，远观就像正在祈祷。据《圣经》记载，约书亚是犹太人的先知摩西最忠诚和得力的帮手，摩西命约书亚为他死后的继承人，约书亚带领以色列人在许多战争中获得辉煌的胜利，摩门教徒用心目中的英雄为这奇特的植物起了名字。

沿着视野中遍布着约书亚树的公路前行，终于抵达大峡谷的谷底。那里有

个没人把守的大铁门,进去以后沿着崎岖不平的土路开一公里多,就能看见科罗拉多河拐弯处的渡口。这个季节的科罗拉多河就像一个浅水滩,真不敢想象眼前这点水能和著名的科罗拉多河扯上联系。

我们回到停车场开车往回走,15分钟以后重新上了柏油路。向右拐是一条弯弯曲曲的小道,沿着它开20分钟就抵达了路的尽头——一个有点像水库的小湖。这里的海拔只有334米,视野之内唯一能陪伴我的是一群浮在湖面上的野生黑鸭子。安静是这里的主题,想找个地方听一下自己的心跳和呼吸吗?建议来大峡谷的谷底,而且就在这个季节,下午4点多这个时间。这个时候人们要么去西峡看日落,要么开始撤离大峡谷赶回拉斯维加斯了。自己一个人开着车跑到这荒无一人的谷底来,顺着栈桥走到湖中心,看看不怕人的野鸭子,听听山谷里的回响,哪怕就这么坐着发呆都是一种享受。

▼ 科罗拉多大峡谷

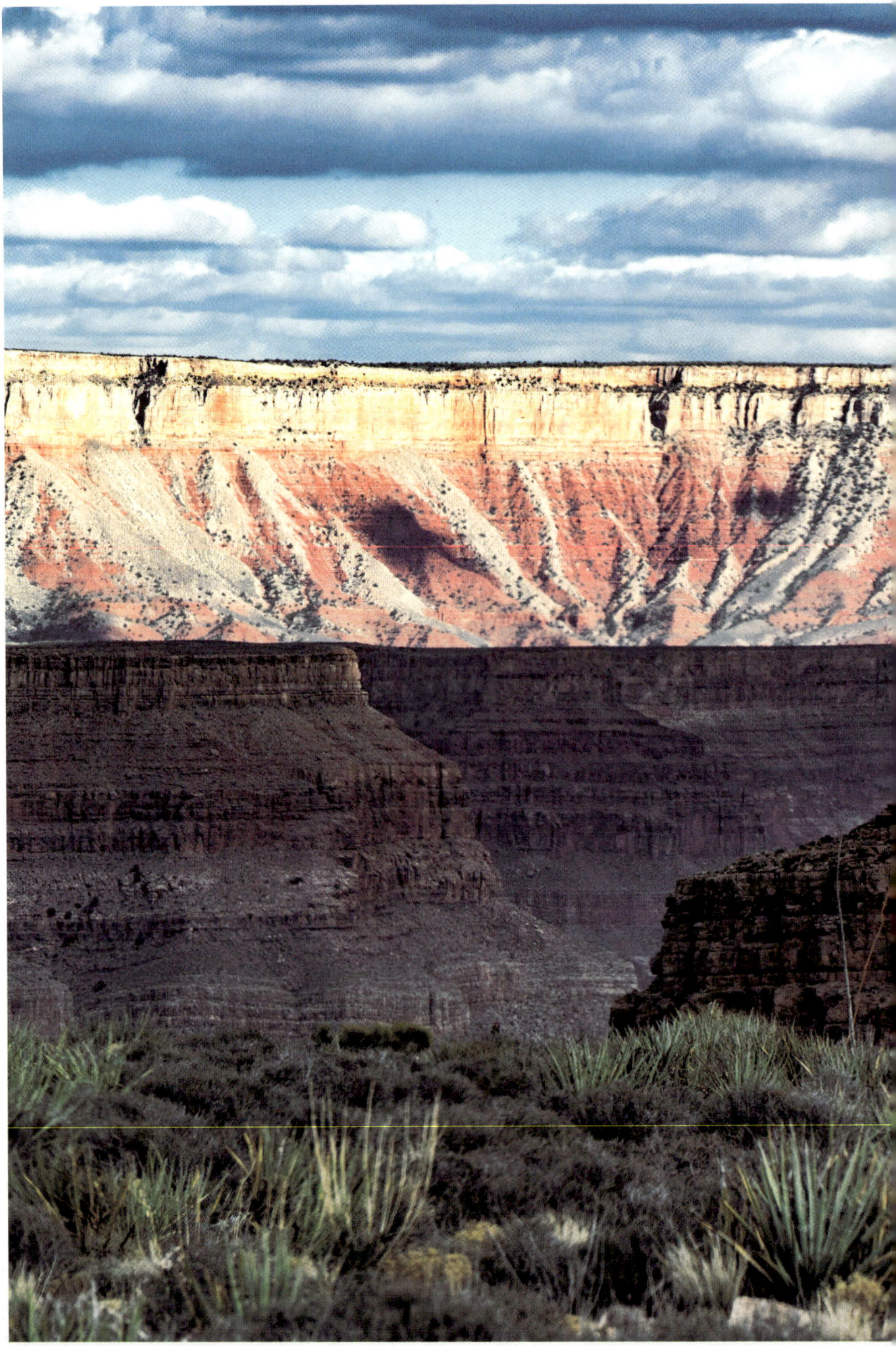

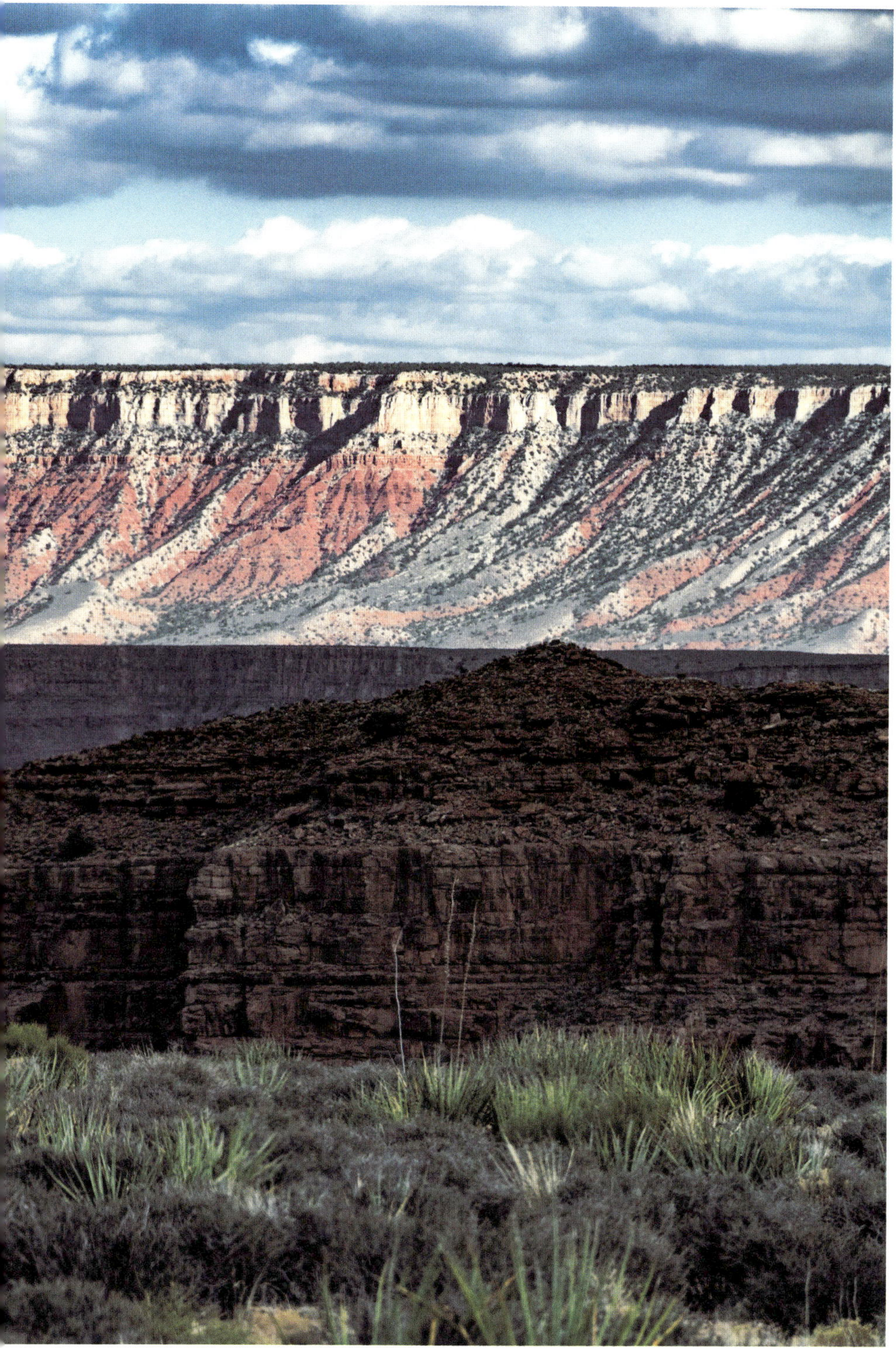

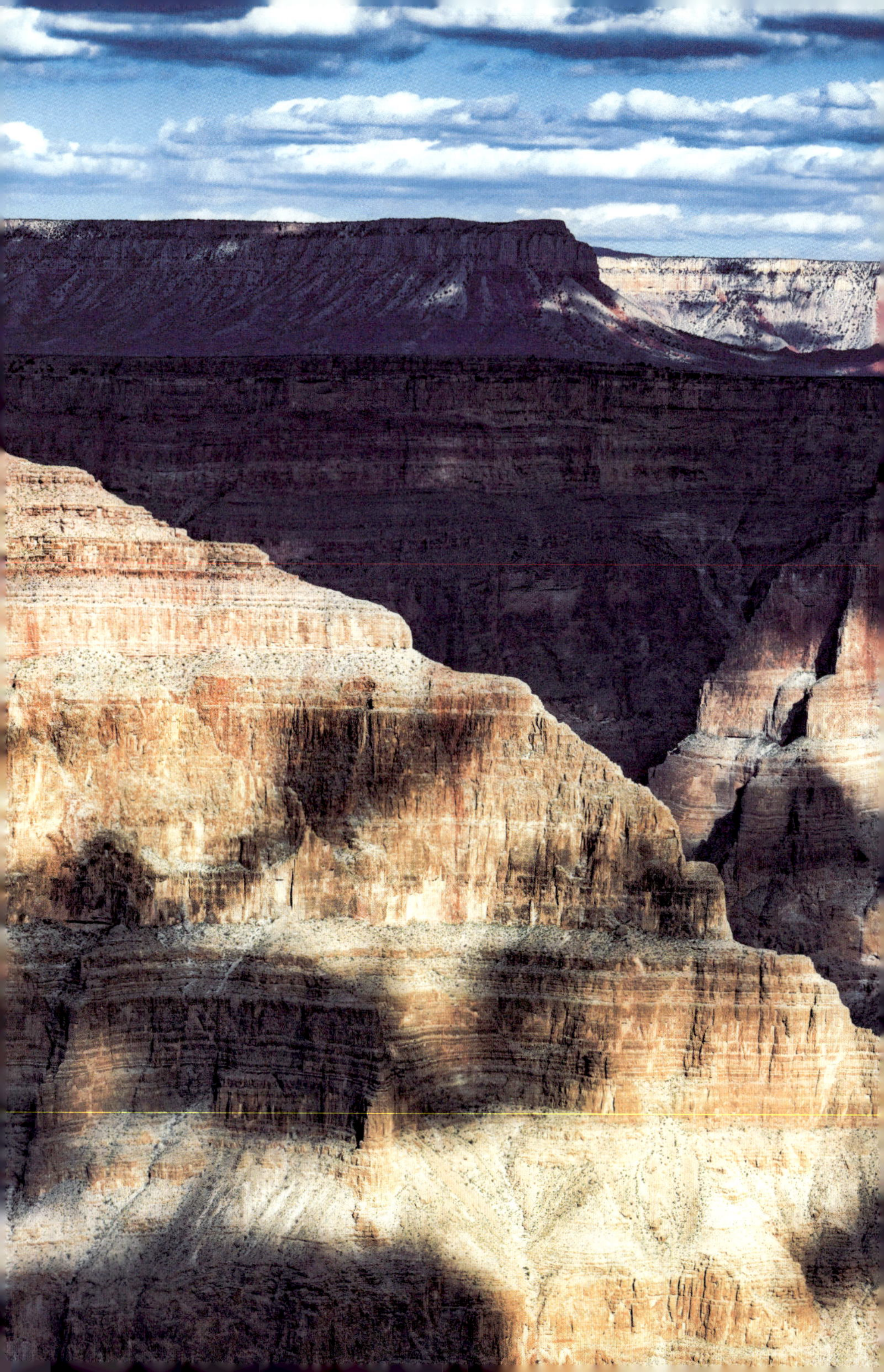

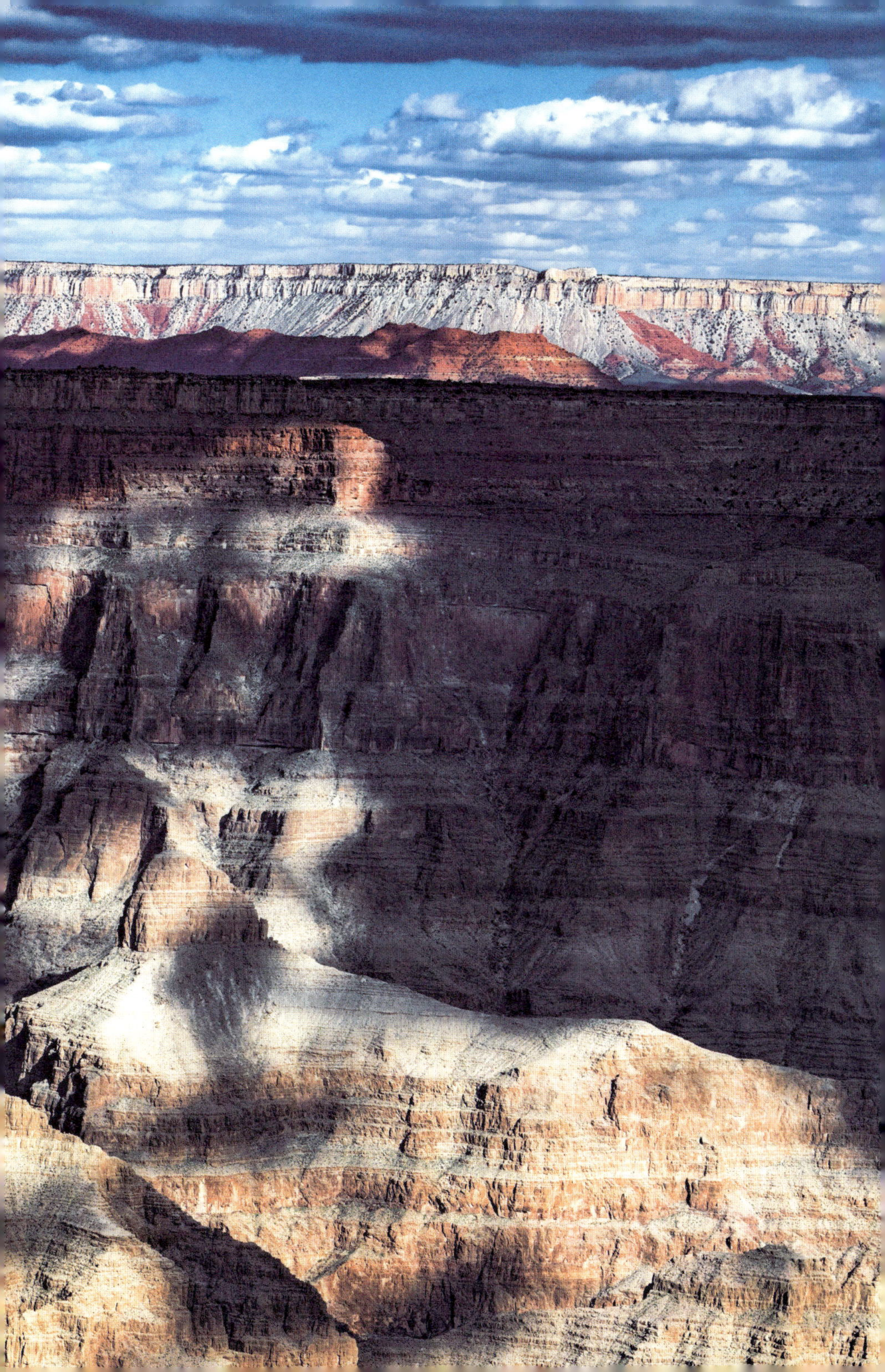

前往"天空步道"

我开车从大峡谷的谷底出来，这条路有点自古华山一条路的感觉，想迷路都不可能。沿着蜿蜒的小路重新回到正路上，从湖边行驶32公里就能看到一个丁字路口，这是第一次遇到有选择的道路，到底应该往左拐还是右拐？前面的大牌子指示着"天空步道"的方向。同伴没来过这里，所以不知道西峡最著名的人工景点就是"天空步道"，找到这里就找到了西峡的大门。顺着指示牌指引的方向开去，本来时间已经不早了，想进西峡是不可能了。继续往前开是为了探探路，再顺便看看西峡门口的宿营地还能不能住宿。今天唯一能看到的也就是落日和晚霞了，虽然没有进大峡谷，但在大门口也可以拍到不错的照片。我就曾经在大门口借着即将落入地平线的太阳给起飞的直升机拍过照片，效果还蛮不错。

半路上看到路边有个小农场，也算是度假山庄，我直接把车开了进去，想看看里面到底都有什么。这个小山庄位于公路和大山中间，围墙和大门是用木头搭建的，里面饮马的水槽、挂在墙壁上的马鞍子、粗犷的西部酒吧，都在向游客展现着浓浓的西部牛仔风情。迎接我们的是一大群主动亲近人的羊，放羊的是一个偏胖的女性，她热情地邀请我们进去逛逛。这里各种西部牛仔的活动一应俱全，想骑马有教练，想登山有陪伴，想喝酒……不对，酒吧好像没开。这个山庄不但是一个颇具西部风情的乡村俱乐部，还可以住宿，纪念品商店里的商品也都极具西部特色，真搞不懂这么好的一个地方怎么会没人住呢？在这个山坳里晚上坐在酒吧屋外的木质长廊里端着啤酒，看着山尖旁的皓月，听着山谷里动物叫声及其回响，绝对是一个与众不同的美国西部旷野之夜。

离开山庄，我们继续向着西峡前进，到西峡的大门第一件事就是找吃的东西，毕竟我们整整一天没吃饭了。这里的售票处和纪念品商店是在一起的，里面有个卖快餐的地方，只有三明治勉强还能下口，于是我花了14美元买了两个，塞进微波炉里加热了一下，三口两口就咽下肚了。出来问了一声，门口的宿营地已经没有床位了，我查了一下地图，金曼小镇距离这里并不远，今晚索性去那里吧。又等了一会儿，大峡谷的晚霞准备重新打扮一下这神奇的土地。

山峰的尖儿肯定是参差不齐的。如果是整齐的，地平线视觉效果应该会更好。大峡谷好像探听到了我的遗憾，为了弥补，特意让云彩盖住了天空，就好像笔直的地平线被老天画在了天上。云彩和山峰中间特意留出了一块空间成为晚霞表演的舞台，让亚利桑那最后的一缕阳光在落入地平线前肆意地渲染天空，天马行空地描绘着大地，再加上晚霞那浓浓的色调，暖暖的色温，让整个大峡谷上至苍穹下到谷底，都被红色与黄色的霞光彻底覆盖。在视野的尽头还有两种颜色，一种是山影的黑，一种是云彩的蓝。随着落日渐渐离去，地平线上那一道残霞愈发浓郁，云彩也由深邃的蓝色转变为暗黑色。在短短10分钟之内，大峡谷给游客展现出若干种色彩搭配出来的美景，让来自世界各地的游客体会到了晚霞中大峡谷的千变万化。

第二天中午，我们开车重新返回大峡谷，把车停在停车场后，花了99.84美元买了两张门票，然后等着园内的免费巴士来接我们。不管是南峡还是西峡，游客都得把车停在停车场，让景区巴士带入园区。西峡相对简单点，就一条线路两个景点，南峡则分为几条不同的线路，在不同的巴士站上车。西峡的大巴司机很有意思，等我上车以后，司机起身面对大家说："虽然我们的大巴是免费的，不过也有车票，那就是每个人都得展现一下快乐的笑容。"然后还煞有介事地看了看每个游客的笑容灿不灿烂，直到满意后才回到驾驶座开车进入园区。车开了没

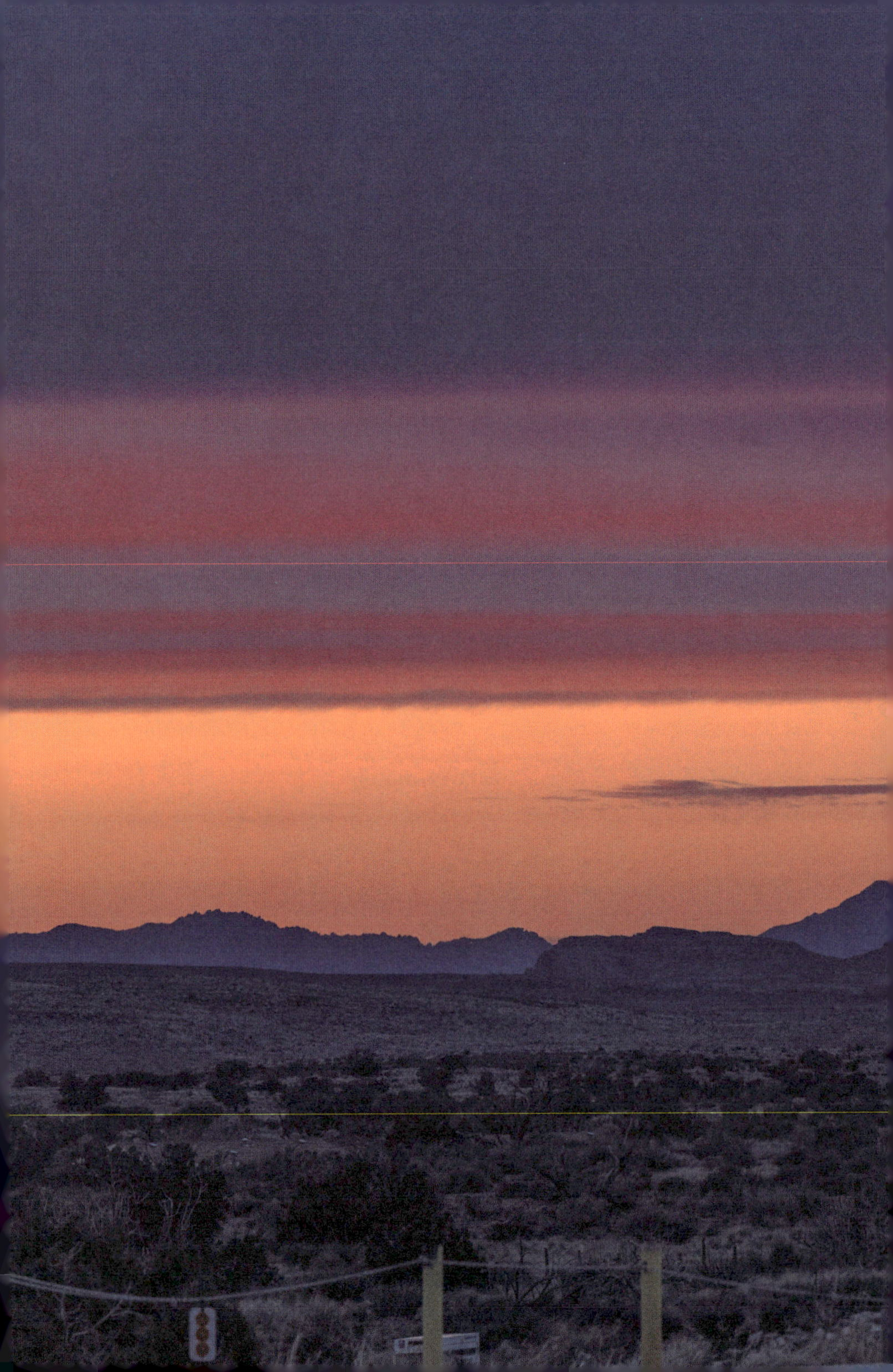

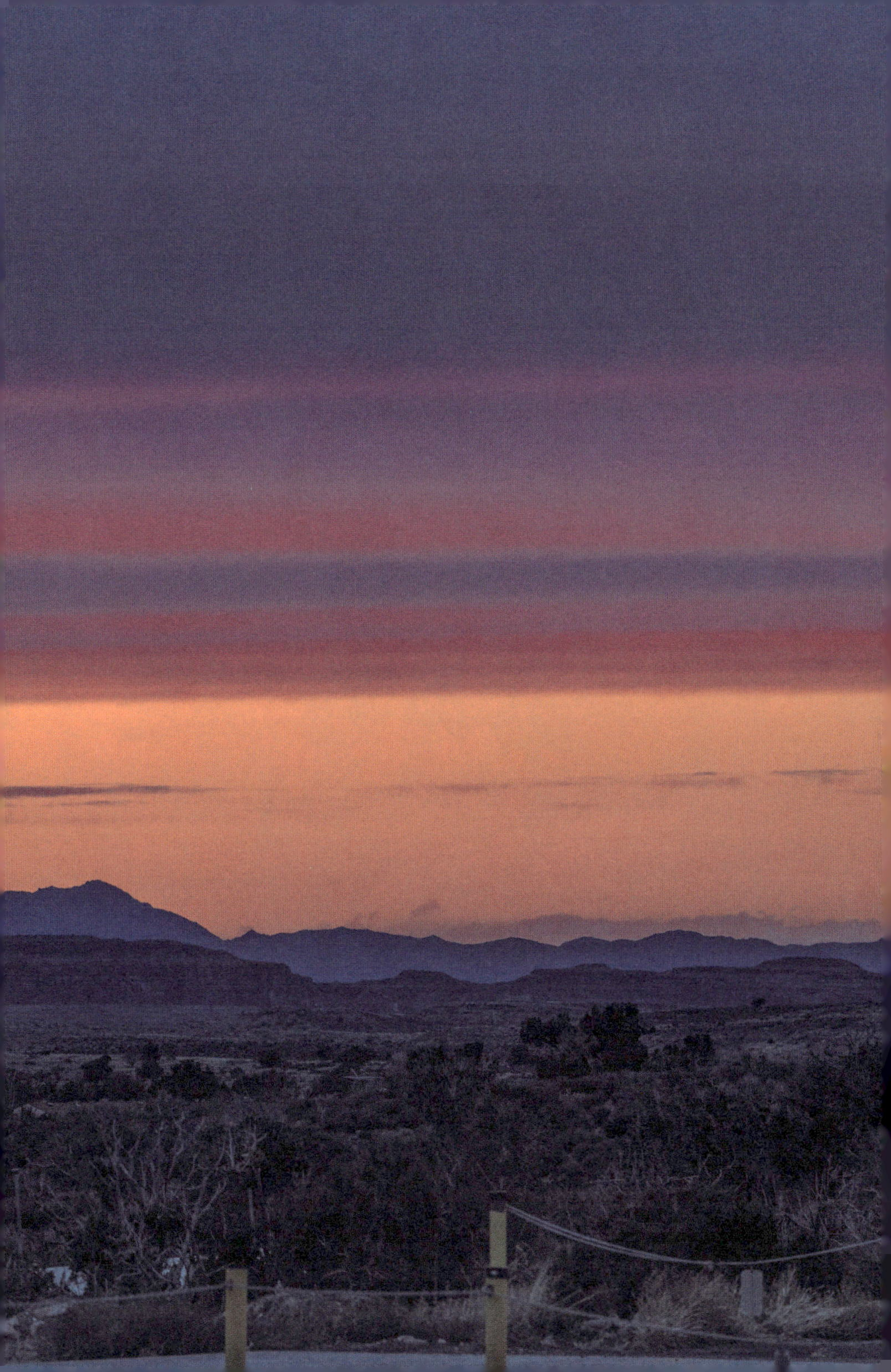

自驾 横穿美国大陆

▼我坐在悬崖边留影

几分钟就到了景区,车门一打开,所有的游客就奔着峡谷的边缘跑去。这个时候我一般都不紧不慢地在后面跟着,因为峡谷边缘是没有防护栏的,下面是万丈悬崖,一味向前冲的确是挺危险的事儿。

这里要重点说的是"天空步道",其实就是悬空于大峡谷之上的玻璃桥。它由中国人构思,耗资3000万美元,历时10年建成。在设计上,"天空步道"特别注重安全性,有200万磅(1磅≈0.45千克)的桥身用10厘米厚的强化玻璃制造,配合减震系统及94根钢柱插入桥墩,可抵御时速逾200公里的强风,能承受方圆80公里内发生的8级大地震,以及2万人或70架波音747客机的重量。游客可站在马蹄形的玻璃吊桥上俯瞰1000多米下的大峡谷及科罗拉多河美景。如果您胆子小不敢站在玻璃桥上,两边还有不透明的部分可供行走。

我对"天空步道"的感触是:不去一辈子后悔,去了后悔一辈子。大老远从中国来,就因为几十美元不去体验一下惊险刺激,感觉有点儿亏。但上去后真的感觉不到什么惊险刺激,中国这种玻璃桥的质量明显要高于"天空步道",而且还能模仿玻璃碎裂的状况。最要命的是这里不让带拍照设备,不但不让带相机,手机同样不行。我2012年来的时候想拍照留影必须找这里的工作人员，费用是25美元，记得当时我还调侃似的反问了她一句："是25美分吗？"对方当时怔了一下，然后放慢速度跟我说25美元，我说了一句："哦。"然后就没有然后了。走上马蹄形的玻璃桥，我一点都没感觉到害怕，还在玻璃上做了几十个俯卧撑。

这次过来我肯定不会再上当，直接走到悬崖边看风景。天气不错，天空碧蓝，还有不少云彩，阳光洒遍整个峡谷，被云彩遮住的地方是暗影，阳光直射的地方呈现出千差万别的颜色。岩壁根据不同的种类、风化的程度、时间的演变以及所含矿物质的不同，呈现出五光十色的视觉画面。由于岩壁所含氧化物的不同，形成了一块块鲜红、一方方深赭、一团团黝黑、一片片铁灰，大地像一块巨大的、五彩斑斓的调色板展现在游客面前。游客们都争先恐后地展现自己的勇敢，纷纷跑到悬崖边留影。我还不算恐高，能勉强坐在悬崖边尽量保持平静，保持着遥望远方的姿势，其实墨镜后面的眼睛一分一秒都没离开过脚边的悬崖。

西峡除了这里还有个景点，得坐大巴去。那是蹦极的地方，想追求刺激的游客去那里才算找对了地方。大巴来了以后我直接上车，突然司机站起身向我扑来，用手指着我说了一句："你还欠我一个微笑。"我当时吓了一跳，回过神儿

▲ 悬空于大峡谷之上的"天空步道"

来才想起坐这个免费大巴的"车票"是一个灿烂的笑容，马上回馈给他一个难看的笑容，这才让他满意地回到驾驶座上开车。来到景点后我直接爬上了岩石，我觉得这里是大峡谷最佳的取景点，苍穹之下的大峡谷景色可以陪着主人公一起出现在取景框之中，"苍茫大地谁主沉浮"的气概轻易地就能表现出来。

"风景这边独好"

大部分中国人对大峡谷的西峡颇为熟悉,不管是旅游团还是自驾游的游客一般都去西峡,但其实美国人更加喜欢南峡和北峡,南峡的落差达到了1600米,但还不是最深,北峡比南峡还要深300多米,但较为偏远,而且冬季会因下雪封路,每年只有5月中旬到10月中旬开放,游客都是一些资深的专业徒步探险者。

我来南峡的这天既不是公众节假日也不是周末,但距离南峡大门还很远的时候就开始堵车,长长的车队一眼望不到头。相对于西峡,来南峡的中国游客要少许多,尤其中国旅游团更是少见,大多都是自驾游的中国游客。从停车场出来以后不管去哪个景点都有穿梭于其中的免费巴士,我看每辆巴士里都有中国人,大多数是在美国生活和学习的年轻人。

免费巴士分为红线、蓝线、橙线和紫线,每15~30分钟一班,分别去往四个不同的景点。等巴士得有点耐心,我看了一下,不管哪条线想要上第一辆车都不太现实。幸好我赶在了下午抵达这里,这样不会耽误欣赏晚霞,那是大峡谷最美的时候。大峡谷的特色就是它的颜色,白天光照充足的时候,大地被刺眼的阳光覆盖,怪石嶙峋的悬崖被简单地分成明暗两面,各种不同岩体、不同

▲ 大峡谷的南峡

分层的崖壁全被白光所笼罩，差异被阳光抹平，看不出层次感、立体感和色调的差异。只有到晚霞出现的时候，色温极高的光线开始正式渲染大峡谷的本来面目，把崖壁岩石的种类、风化的程度、时间的演变，以及所含矿物质各异而呈现的不同颜色，逐一展现给来自世界各地的游客。这个时候最要紧的就是找到最佳观赏位置，以便欣赏大自然鬼斧神工的杰作。

随着太阳距离地平线越来越近，霞光的色温飞速提高，整个大峡谷的地貌被光线进行极为细致的拆分，好似单反相机拍出的生片瞬间提高了饱和度，甚至还

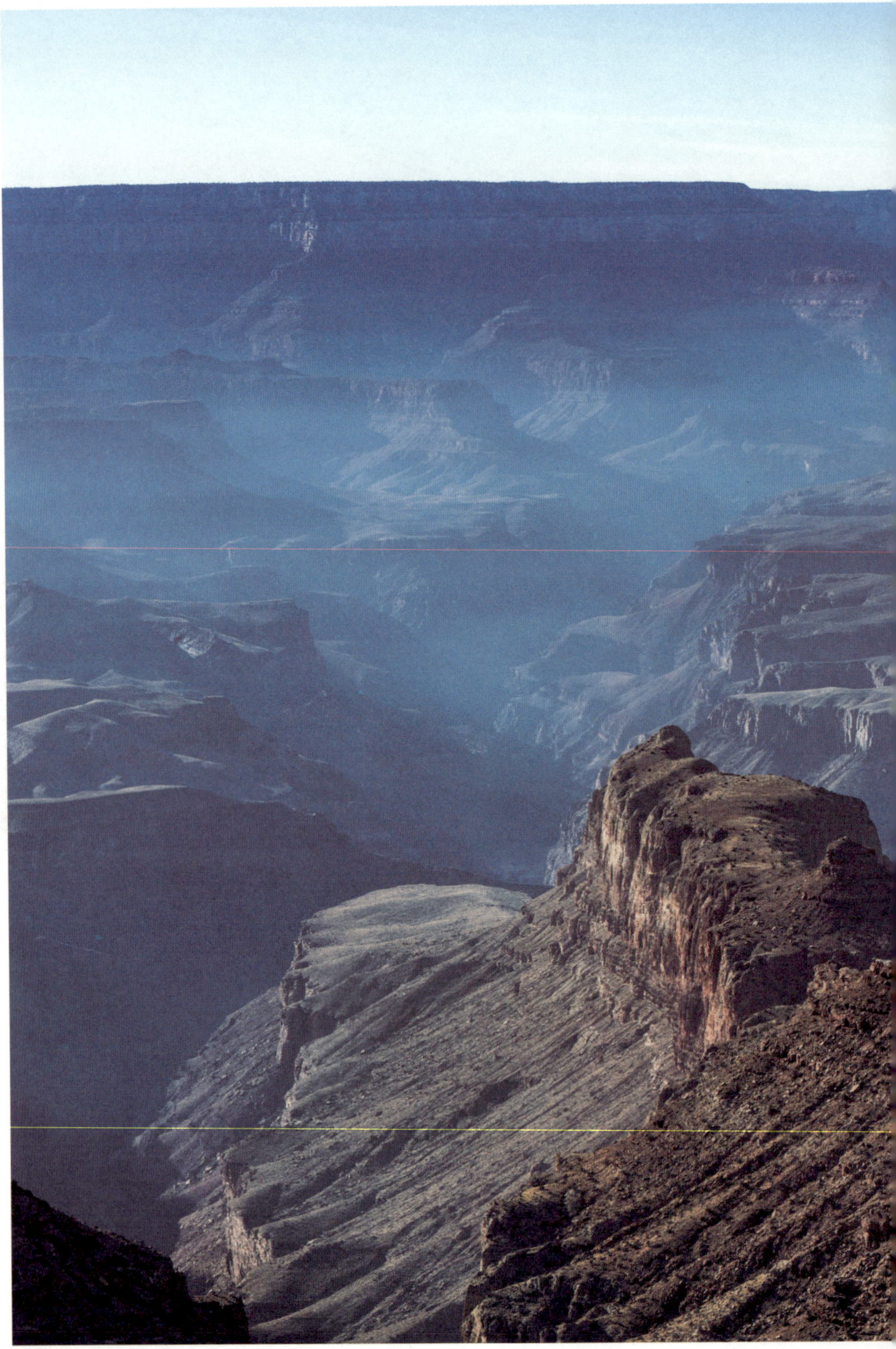

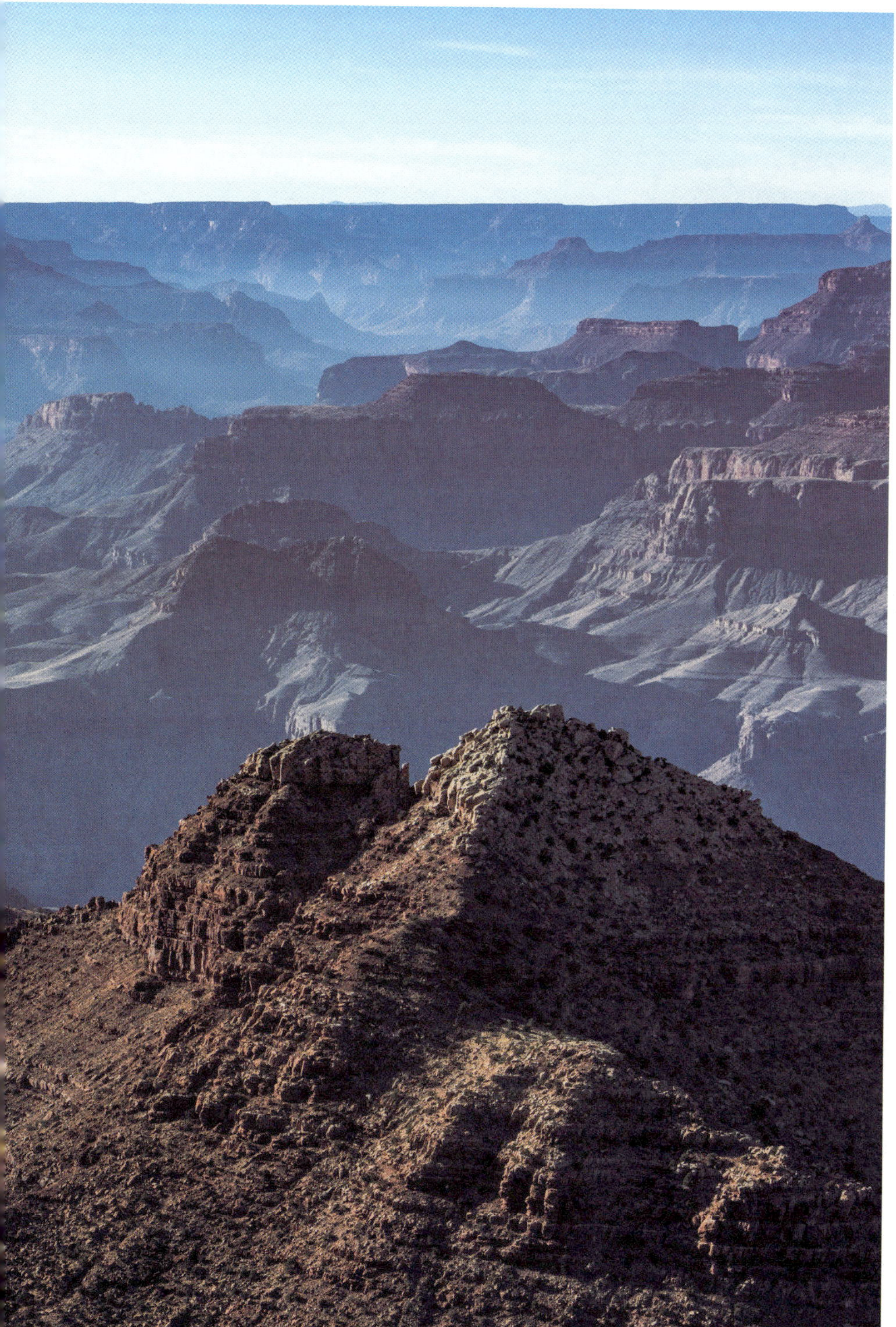

▲ 壮美的南峡

▼ 日落时分的南峡

有了HDR的效果。铁矿石在阳光照射下呈现五彩色，其他氧化物则产生各种明暗相间的色调。原本干枯而死的枝杈扭曲着戳在岩体之上，晚霞温暖的色调趴在上面，一下就让枝杈显得极为倔强，好像仍在和自然进行着殊死抗争。头顶上的天空依然很蓝，没有被色温极高的霞光所覆盖，仅仅在地平线以上的部分云彩被染成橙黄色，和湛蓝的天空形成强烈的对比，好像天空和地面被调成不同的白平衡。

这个时候同伴站在悬崖边上，谷底的风将他的头发吹散，借着橙红色的夕阳让每一根飘起的发丝都裹上一层金黄，我调高快门速度按下快门，定格在画面中分散的发丝可谓丝丝鲜亮，脸上的肤色也被填充了红嫩的颜色。找个相对平整的地方把手机架在"八爪鱼"上，对着夕阳来个延时摄影，整个画面被一分为二，地平线上方的动感和下方的静怡形成强烈反差，一明一暗、一动一静、一上一下地展示着大自然给人类的馈赠。不得不说，夕阳下的南峡绝对是个摄影的胜地，带上三脚架定格那瞬间的静怡之美，延时摄影则记录着流溢的动感之美。如果再加上无人机，整个峡谷的壮阔，人类在天地间的渺小，都会在无人机的起升、移动中体现出来。如果胆子大，还可以在确保安全的情况下在峡谷边来个飞跃起来的定格照。

太阳落山后，不一会儿就能感到温度飞快地下降。我们赶紧跑到巴士车站排队返程。免费巴士已经开启了头灯，夜色逐渐代替晚霞成为南峡的主角。说实在的，南峡这个地方完全可以多玩几天：早起看看色温很低的清纯日出，黄昏可以看看色温极高的浓郁晚霞，而且有4个景点，可以慢慢欣赏。我们艰难地等到下一辆巴士便赶紧上了车，发现在这个大自然掌控的天地里，夜晚黑得那么深邃，在车外看着晃眼的头灯在车里总觉得穿透力不强，我感觉为了行车安全真应该开远光。正当我想到这儿的时候对面真开过来一辆开着远光的吉普车，就在两车交错的时候只听司机大喊一声并踩了一脚刹车，一头活蹦乱跳的马鹿从车头奔了过去，好悬啊！

▲ 漫天霞光

等我们来到停车场一下就傻眼了，当时的状况有点像中国长假时的旅游景点，混乱得一塌糊涂。所有的车都想冲出南峡，所有的人也都想找到自己车的停放位置，偌大的停车场被找车的人塞得满满的，过道也都是打着大灯等待出去的车辆，我的记忆被彻底打乱。其实这只是上半场，真正难熬的是怎么把车开出去的下半场。无数条路不知哪条是最佳路线，我们两辆车分别走两条路，看谁有运气先冲出去上到40号高速路。我对今晚的40号高速路有所期盼，因为其中一段和

▲ 南峡1600米深的悬崖一眼看不到底

美国最著名的66号公路重叠，而且今晚我们住的地方就是66号公路最具代表性的金曼小镇。越想越期待，踩着油门的右脚不自觉地开始加力，白色的野马敞篷跑车劈开亚利桑那的夜色向着目的地飞驰而去。

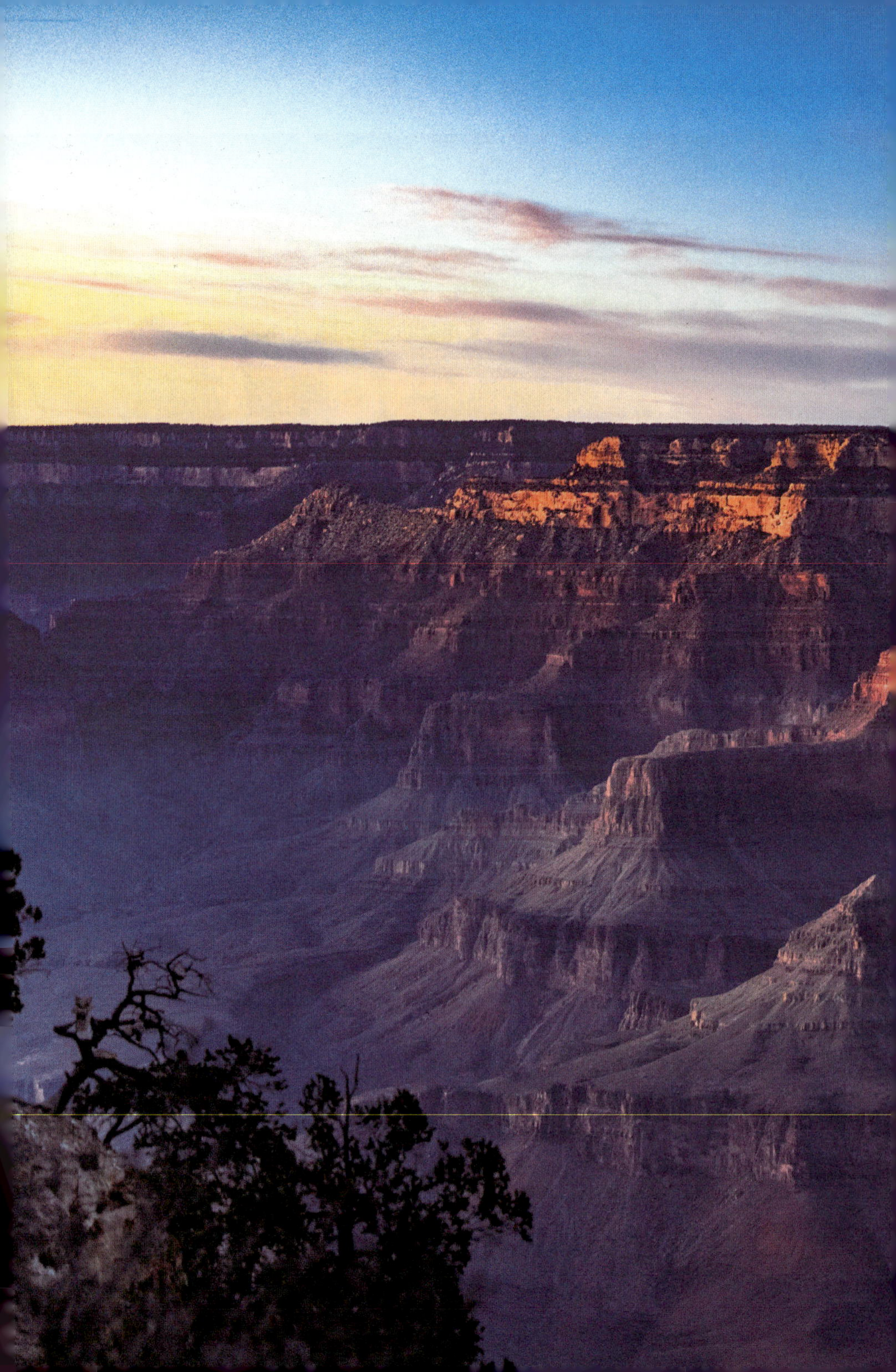

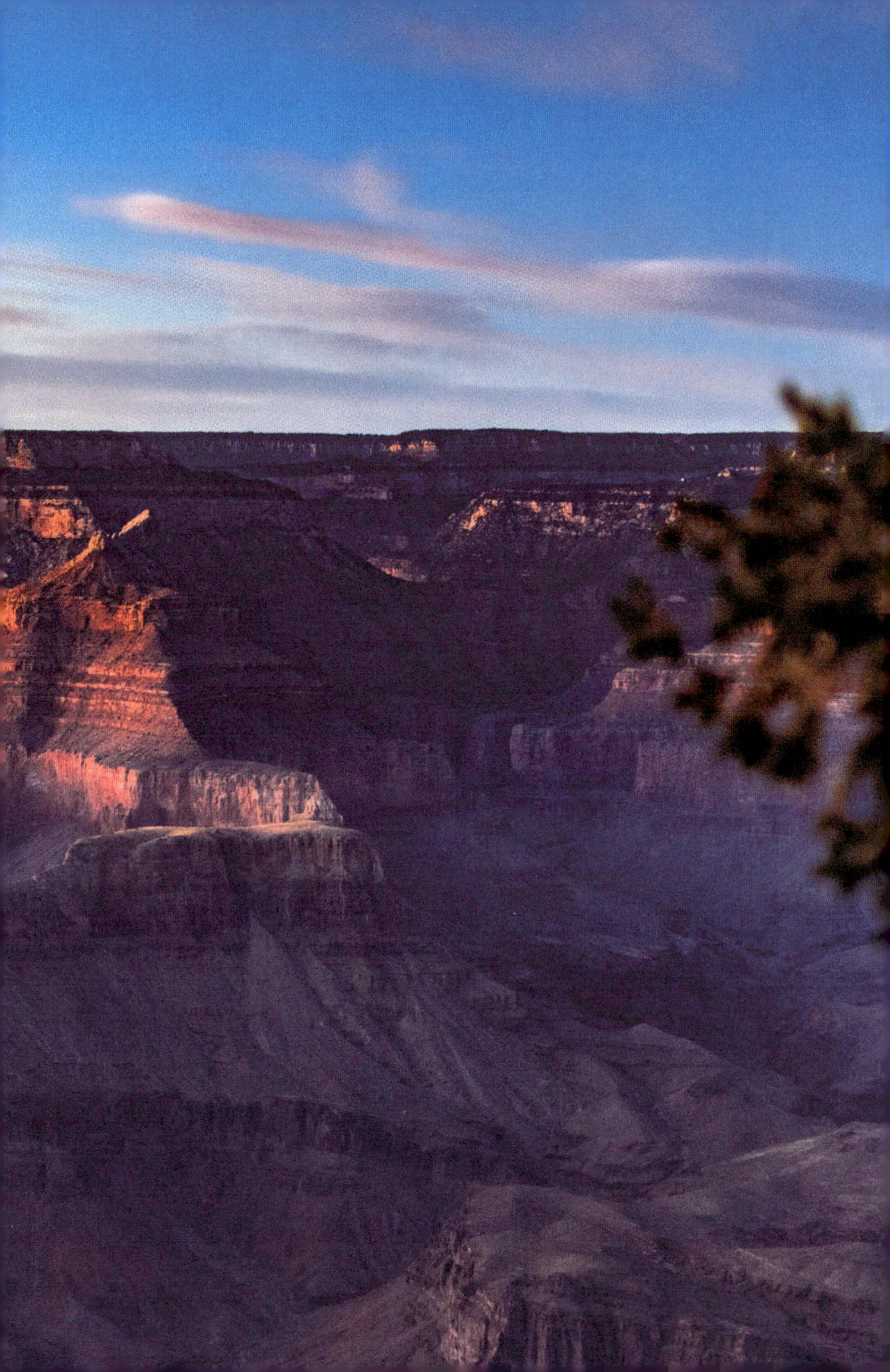

体验66号公路

被誉为美国"母亲之路"的66号公路是从芝加哥一路横贯到加州圣莫尼卡的公路,横跨3个时区8个州,全长3939公里。始建于1926年、完工于1938年的公路在1985年6月7日由于难以承受日益繁忙的州际交通而不得不退出历史舞台。66号公路承载着美国的历史,研究66号公路60多年的学者迈克尔·华利斯说:"66号公路之于美利坚民族好比一面明镜,它象征着伟大的美国人民一路走来的艰辛历程。"

我们是在晚上从大峡谷南峡出发奔往金曼小镇的。我在满天繁星的亚利桑那

▼ 金曼小镇66号公路博物馆里的纪念品

▲ 旅馆前的地面上印着大大的66号公路标志

州40号高速公路上行驶着，让朋友用手机预订金曼小镇66号公路旅馆的房间，说实话这个时间订房有点晚了，10个月之前我也是这个时间抵达这家在网上极其有名的旅馆，还好我们到得及时，比我晚来5分钟的一对夫妇就没那么幸运，只能开着车再去找别的旅馆了。没想到这次好运又降临到我身上，这个时间居然还有房间，而且我们订的可是3套房啊！看来我跟金曼小镇比较有缘，这家一房难求的旅馆永远对我敞开大门！

订房的朋友比我们先到旅馆，之后用手机给我们发定位，20分钟后我的车停在了一家旅馆的停车场。不认识啊！这明显是一家我没住过的旅馆，这里是两层的汽车旅馆，而上次去的那家明明就是一层的，走廊的墙面上还画着从芝加哥一直到洛杉矶的每一个知名城市。难道手机定位错了？我正一头雾水的时候，朋友从对面的房间里走了出来，这下坏了，肯定是订错了！朋友说没错啊，你看门口

183

不是明明写着"route 66"吗？看来是遇上了"李鬼"。我又在网上查了一下，这种情况还真不少见，好几家旅馆都打着66号公路旅馆的噱头招摇撞骗。现在既然都已经住进来了，只能明天早上再带朋友们去那家真正的66号公路旅馆看一下了。夜深了，小镇的街上显得一片冷清，不过还好有几家餐厅是24小时开放的，我直接带朋友们去解决晚饭。

第二天早晨我们起了个大早，到斜对面的酒店吃早餐。没想到酒店前的停车场有很多中国游客正在准备出发，难道现在中国到美国跟团游的游客也来这种小地方了？真不错，比起那些传统的美国东西海岸加夏威夷的线路好多了，能真正走进美国内陆，看一下除大城市以外的美国人民的真实生活，这才不枉来一次美国。金曼小镇是个典型的美国西部小镇，人口不多，能感受到美国西部的淳朴，不像在纽约、洛杉矶这种大城市，国际化的味道充斥着每个角落，想体验真正的美国还得来金曼小镇这样的地方。

我们吃完早餐便出发寻找真正的66号公路旅馆，还好小镇就巴掌大点地方，白天开着车随便走走就能记起来原来的路，很顺利地就找到目的地。天气很好，美国西部山区那种特有的旷野味道的山风划过皮肤，让人感到浑身舒爽。这家旅馆有个大院子，中间是停放车辆的空地，离前厅最近的房间开始是66号公路的终点圣莫尼卡的标牌，紧挨着它的是圣波纳迪诺，依次排开一直到最后一间房就是起点芝加哥。除了地点的标牌，墙面上还画出了66号公路的历史以及风景。想了解这条"母亲之路"，光看墙面上的画就可以了，或者可以到前厅去找这家旅馆的老板——一个有点像肯德基爷爷的白胡子老头儿。他不光是66号公路的活字典，更为珍贵的是他在整个前厅所摆放的有关66号公路的文物，据说比小镇上的66号公路博物馆还要齐全。

距离这家酒店不到两公里就是66号公路博物馆，很好找，因为金曼小镇最大的建筑就是66号公路博物馆。这里原来是个建于1907年的发电站厂房，10年之后进行了翻建。现在不但是美国最著名的66号公路博物馆，同时也是金曼旅游信息

▲ 小镇上的一个大火车头

中心，还是镇商会和亚利桑那州66号公路协会的地址。进入博物馆后要先上到二层开始参观，这里介绍的是66号公路的发展史，特别是在第二次世界大战后很多美国人沿着公路举家西迁的过程，有很多珍贵的照片、壁画和蜡像塑造当年的真实情境。二层参观完后回到一层，能看到许多真实的老爷车，保存最完整的当数金曼前警察局局长拉里·巴特勒和妻子莎伦捐赠的一辆1950年款斯蒂庞克牌轿车。来66号公路博物馆最深的感触就是美国的历史虽然很短暂，但美国人非常珍惜，所有人都在用心呵护这个国家的历史。

金曼小镇作为亚利桑那州西北角最后的重镇，66号公路从这里开始向西南转弯后继续向西进入加州。金曼小镇的文化气氛在荒凉的亚利桑那州北部算是比较浓郁的，这里有金曼最古老的火车历史陈列站，停着两辆老式机车的车头和美国铁路大发展时的文物，两个车头放在一起，就在博物馆出门的右边。

来这儿求婚吧！成功率百分百

　　不少人到美国南加州旅行的首选地是洛杉矶，但我个人最喜爱的城市是圣迭戈，从洛杉矶开车往南两小时的车程。对于生活在美国的中国人来说，圣迭戈是一个很漂亮的地方，但在就业、生活等方面和洛杉矶相比还是有些差距，可我是旅游者啊！哪儿风景优美就去哪儿玩。圣迭戈位于美国西南角，和墨西哥接壤，顺着5号高速路开到头就是美墨边境，那里有个奥特莱斯，我个人觉得很便宜，

▼ 在美国自驾旅行很过瘾

比洛杉矶著名的棕榈泉好。在美墨边境都是一些带着大草帽的人，五短身材外加粗脖子，那是典型的墨西哥人。

圣迭戈是一个非常值得用心慢慢去体会的城市，来到这里千万不要着急，安心地住上几天，每天都不慌不忙地找几个景点游览。巴尔博亚公园让你看到这里的西班牙殖民史，墨西哥老城让你回到这里还不属于美国的年代，拉荷亚让你看到顶级豪宅和趴在岸边的海豹。世界最著名的"胜利之吻"雕像就在圣迭戈港口的岸边。想一睹美国航空母舰的内部构造？中途岛号航母博物馆就在"胜利之吻"雕像的旁边等着你去参观。你还可以在市中心煤气灯街区的餐厅里点一杯香槟，看着街道上熙熙攘攘的人群，或去观赏海洋公园里海豚和虎鲸的精彩表演。"不爱江山爱美人"的发生地是世界排名第二的婚纱照胜地科罗纳多岛沙滩，每天晚上都会有上百对新人披着婚纱在太平洋的晚霞中漫步于沙滩之上，这时美军太平洋舰队还会派出军用战斗机低空飞行，让你拍出独一无二的结婚纪念照。如果想看建筑，圣迭戈分校图书馆就是《盗梦空间》里那个怪异大楼的原型，离这里不到一公里就是著名的天体海滩。如果你有足够的勇气，完全可以在这里真正与大自然亲密拥抱，放心，这是一个在悬崖底下的天体浴场，在美国我还真没见过如此隐蔽的天体浴场，很适合腼腆的中国人。如果你是军迷可以站在诺玛角上俯瞰美军太平洋舰队。

圣迭戈还是美国排名第一的"最幸运城市"，评判标准是高尔夫球一杆进洞的次数和美国彩票大奖得头奖的次数，来圣迭戈可不要忘了买一注价值几亿美金的彩票，说不准你就会成为那个最幸运的人，拿着几亿美元畅游全世界了。我认为圣迭戈最应该去的是连接市区和科罗纳多岛的大桥，不是在远处遥望它，而是驾车行驶在桥上，沿着大桥的自然弯曲度欣赏整个城市的景色，那可真是惊险刺激。美国人开车都很快，尤其这个大桥直接连着高速公路，中间根本没有缓冲区，从高速公路开过来的车直接就冲上大桥，那个坡度、弧度，再加上那个速度，整个海湾，整座城市，整座岛屿都在飞驰的车流中一晃而过，尤其在科罗纳

▲ 美国人居家庭院中的小雕塑

多岛沙滩上看完世界最美晚霞，夜幕降临后再把车开上大桥，圣迭戈白天隐藏起来的奢靡此时会完全展现在眼前。

我这次去的是一处奇景，那就是世界9大惊险地之一的薯片崖——一片薄似薯片的在悬崖顶上的岩石，就在圣迭戈伍德森山的山顶。这块探出悬崖的岩石确实很薄，但绝对找不到人工打磨的痕迹，完全是大自然鬼斧神工的杰作，你甚至都会担心它被大风吹断。看到居然有人敢站在薄薄的崖片之上，简直替他捏了一把汗，好像轻轻跺一脚崖片就会断裂，整个人就会掉下悬崖。实际上它的承重力很大，即使是十几个人站在上面也没问题。

薯片崖由此吸引了许多游客前来拍照，站在薯片崖边，蓝天白云成为唯一的背景，有点挑战蹦极的感觉。每年都有很多情侣一起来冒险拍摄情侣照，传说在这里求婚成功率是100%。这点我可以做证，在我到薯片崖的当天，最起码有一半的游客都是情侣，专门来这里拍摄情侣照。不过想要体验这份惊险刺激的幸福也不是那么容易的。由于薯片崖位于山顶，山上没有能让汽车行驶的路，所以得完全靠自己的双腿去攀登。去薯片崖的步行路线有两条，一条稍难，来回需4小时左右。另一条较易，但山路更为陡峭，来回也要3小时。这些都不算什么，最要命的是一路上没有洗手间，加上排队拍照的时间最少也得四五个小时，喝不喝水成了一个让人很纠结的问题。

▼薯片崖上的情侣

我来赌城从不赌博

有不少来美国的中国游客会到赌城拉斯维加斯小试身手。听说每年的农历春节期间,整个拉斯维加斯的大街上全都是恭喜发财、新春快乐、心想事成这样的中文条幅,很多高档酒店还有"春满乾坤福满堂""阳春百福进高门"这样的对联。

各个赌场更是在这个时间段邀请华人歌星来赌城演出,不外乎想招揽更多华人来赌城消费。2012年春节,赌城大街上的一块巨型广告牌被一分为二,周华

▼ 流光溢彩的拉斯维加斯夜景

▲ 赌城农历新年时酒店内的中国装饰

健和席琳·迪翁各占一半，原来他俩都在这个时间在赌城办演唱会。在我印象中，周华健在中国还是无法与席琳·迪翁相提并论的，但在美国就能成为现实，可见拉斯维加斯对中国游客的重视程度。

美国新年三大庆典活动，新年夜的纽约时代广场大苹果倒计时和拉斯维加斯的新年焰火倒计时，还有加州帕萨迪纳市的花车巡游。前两个活动在新年夜同时进行，只不过由于时差原因相隔3个小时，最后一个活动在每年的1月1日早上举行。

拉斯维加斯这个城市我一共来过8次，每次来之前都要下一个决心——拿出100美元到酒店一层的赌场里玩一次，什么时候输光了就上楼睡觉，不然来赌城没赌过确实有点说不过去。这个决心我一共下了8次，换种说法就是来了8次赌城我居然一次都没赌过。原因是我只要一进赌场就烦躁不已，怎么也静不下心来，看来我天生就和"邪财"没缘分。在美国,室内都是禁止吸烟的,唯独拉斯维加斯的赌场里,可以随意抽烟,而且酒水还是免费的,只要给端酒的服务员一美元的小费,就可以自取。我个人很排斥这种环境,所以根本就没法安心坐下来玩上几把。

毫不夸张地说,我感觉拉斯维加斯的萧条速度确实让人吃惊。上一次来赌城表面上看依然是灯红酒绿,尤其有两个第一次到美国的朋友,更是被赌城夜

晚活色生香的街景所震撼，认为如此笙歌燕舞的场景不可能是衰落的景象。我让他们仔细看了一下周边五星级酒店的客房，亮灯的房间连1/3都到不了，这在几年前是不可想象的，那时各家酒店都人满为患。

　　拉斯维加斯的夜景是赌城的名片，尤其是百乐宫门口的音乐喷泉，定时给游客奉献一场精美的水之舞演出，音乐的旋律被喷泉的造型演绎得出神入化，已经看过无数次的我依然从头到尾看了一遍。巴黎红磨坊的演出在赌城被完美地复制

▼ 百乐宫酒店门前的喷泉表演

▲ 这里每晚都有喷火秀

▼ 拉斯维加斯夜景

▲ 活色生香的拉斯维加斯夜晚

▼ 傍晚的拉斯维加斯

了下米，保证和在巴黎看的表演是一样的。还有就是威尼斯酒店，里面真修了一条人工河，两岸都是名品店、酒吧、餐厅等商家，加上和威尼斯一样的小桥和贡多拉，让你在美国的内华达就像置身于意大利的古城里。不得不说的是，我每次来都要到河的终点伫立，就为听一下贡多拉船夫在这里掉头时必唱的美声歌曲，那水平就是比起专业歌手也丝毫不会逊色。

　　在美国，只有两个城市市中心在夜晚是安全的，一个是远离美国本土的夏威夷火奴鲁鲁，另一个就是赌城拉斯维加斯。白天的赌城可谓灰头土脸，尤其有一次我开车到赌城时是白天，远远就看见一个黄色的"大锅盖"压在赌城上方，空气的质量让人着实不敢恭维。一入夜，赌城就犹如川剧变脸似的，让人目瞪口呆。用流光溢彩、活色生香、灯红酒绿来形容夜里的拉斯维加斯毫不夸张。街上唯一要注意的就是喝醉的游客和往你裤兜里强塞广告的人。

后记

时间过得好快，为期一个多月的美国自驾之旅转眼间就结束了，来到洛杉矶机场到加油站把汽车油箱的油加满，然后退回车行，所有的手续不用自己亲自办理，反正还有押金，车辆有什么损坏直接扣除。坐着班车回到机场，最后看了一眼洛杉矶后转身走进出发大厅，再见了，洛杉矶！再见了，美国！北京，我回来啦！假期正式结束。

在中国整日忙碌地工作，没完没了的快节奏生活已经成为中国都市人群的生活常态。承受长久压力的都市一族偶尔抽个时间去国外享受一下慢节奏的生活，舒缓自己紧张疲惫的神经，确实是一个很好的减压方式。美国，就是一个让人能慢下来的地方，一个让人能体会生活的地方，一个能暂时忘掉压力的地方。

春季可以去加州赏天堂鸟花，夏季可以去阿拉斯加看冰壶，秋季可以去新罕布什尔观红叶，冬季可以去火奴鲁鲁玩冲浪；到东部拿起刀叉在缅因州品尝最棒的波士顿龙虾，到南部戴上墨西哥大草帽在亚利桑那州拍下沙漠中的仙人掌，到西部套上牛仔衣在怀俄明州参加斗牛节，到北部披上雨衣在西雅图华盛顿湖羡慕比尔盖茨的豪宅；要是找刺激，可以去黄石公园租把长枪猎熊。要是图安逸，可以去基韦斯特学着海明威出海钓鱼；要是敢于尝试，就坐直升机畅游大峡谷；要是"好吃懒做"，就花一美元买张彩票等着发一笔几亿美元的横财。

喜欢滑雪的可以到犹他州的奥格登雪场去一试身手，喜欢温泉的可以到科罗拉多州号称"鬼镇"的邓顿小镇去露天泡汤，喜欢喝酒的可以到加州纳帕溪谷酒庄去推杯换盏，喜欢博彩的可以到内华达州的拉斯维加斯去一掷千金，喜欢历史的可以到纽约大都会去细细品味，喜欢军事的可以到圣迭戈的航母上一探究竟。

  作为一个旅游度假的目的地，可以说美国是一个能让灵魂尽情放纵的地方，一个能让心灵暂时恢复到原始的地方，一个能让身体停下来喘口气的地方，一个能让情绪不断舒缓的地方，一个能让混乱思维重新架构的地方。体会生活的多彩，美国是个不错的地方。体验生命的精彩，美国是个必去的地方。

  感谢读过这本书的读者，感谢您能与我共同感受美国的点滴，感谢您能与我一起分享旅程的快乐。希望能与更多志同道合的朋友交流、学习，再次深深感谢！

本图书由北京出版集团有限责任公司依据与京版梅尔杜蒙(北京)文化传媒有限公司协议授权出版。
This book is published by Beijing Publishing Group Co. Ltd. (BPG) under the arrangement with BPG MAIRDUMONT Media Ltd. (BPG MD).

京版梅尔杜蒙(北京)文化传媒有限公司是由中方出版单位北京出版集团有限责任公司与德方出版单位梅尔杜蒙国际控股有限公司共同设立的中外合资公司。公司致力于成为最好的旅游内容提供者,在中国市场开展了图书出版、数字信息服务和线下服务三大业务。
BPG MD is a joint venture established by Chinese publisher BPG and German publisher MAIRDUMONT GmbH & Co. KG. The company aims to be the best travel content provider in China and creates book publications, digital information and offline services for the Chinese market.

北京出版集团有限责任公司是北京市属最大的综合性出版机构,前身为1948年成立的北平大众书店。经过数十年的发展,北京出版集团现已发展成为拥有多家专业出版社、杂志社和十余家子公司的大型国有文化企业。
Beijing Publishing Group Co. Ltd. is the largest municipal publishing house in Beijing, established in 1948, formerly known as Beijing Public Bookstore. After decades of development, BPG now owns a number of book and magazine publishing houses and holds more than 10 subsidiaries of state-owned cultural enterprises.

德国梅尔杜蒙国际控股有限公司成立于1948年,致力于旅游信息服务业。这一家族式出版企业始终坚持关注新世界及文化的发现和探索。作为欧洲旅游信息服务的市场领导者,梅尔杜蒙公司提供丰富的旅游指南、地图、旅游门户网站、App应用程序以及其他相关旅游服务;拥有 Marco Polo、DUMONT、Baedeker 等诸多市场领先的旅游信息品牌。
MAIRDUMONT GmbH & Co. KG was founded in 1948 in Germany with the passion for travelling. Discovering the world and exploring new countries and cultures has since been the focus of the still family owned publishing group. As the market leader in Europe for travel information it offers a large portfolio of travel guides, maps, travel and mobility portals, Apps as well as other touristic services. Its market leading travel information brands include Marco Polo, DUMONT, and Baedeker.

DUMONT 是德国科隆梅尔杜蒙国际控股有限公司所有的注册商标。
DUMONT is the registered trademark of Mediengruppe DuMont Schauberg, Cologne, Germany.

杜蒙·阅途 是京版梅尔杜蒙(北京)文化传媒有限公司所有的注册商标。
杜蒙·阅途 is the registered trademark of BPG MAIRDUMONT Media Ltd. (Beijing).